采《うね》女《め》の怨霊

小余綾《こゆるぎ》俊輔の不在講義

高田崇史
Takafumi Takada

新潮社

目次

采女《うねめ》の怨霊

——小余綾《こゆるぎ》俊輔の不在講義——

二つなき
ものと思ひしを水底《みなそこ》に
山の端ならで
出づる月影

紀貫之『古今和歌集』

《プロローグ》

美しい月が中空に皓々《こうこう》と輝き、辺りはまるで昼間のよう。
他の灯りが何一つなくとも、自分の白い指の爪まで輝いて見える。
振り返れば暗い林。この月の光さえ届かない、深い闇。
女性は再び月を見上げる。
彼《か》の国の伝説では、あの光の中に仙女が暮らしているという。
名前は「嫦娥《じょうが》」。あるいは「姮娥《こうが》」。
夫の羿《げい》が、崑崙《こんろん》に住む仙女・西王母《せいおうぼ》から貰い受けた不老不死の薬を、
盗んで服用して月へと逃げ、その地で蟾蜍《せんじょ》――ヒキガエルに姿を変えたのだという。
しかし今、嫦娥は月に一人佇む、愁いを帯びた美女になっているという……。
嫦娥が月に逃れた時の月も、今夜のように美しく輝いていたことだろう。
一方、わが国での月は、天照大神《あまてらすおおみかみ》と共にお生まれになった月読命《つくよみのみこと》の住む世界。
そこは、いつでも手が届きそうで届かない「あの世」。
昼間の天照大神の支配する「この世」とは何もかもがあべこべの、黄泉国《よみ》への入口。
泉の水さえ黄色く濁る、黄泉国。斎々《ゆゆ》しく禍々《まがまが》しい世界。

全ての生命を根源から呑み込んで、なお静謐に佇む世界。

誰もが忌避する国だけれど、我々は皆、そこから「この世」へとやって来たのではないか。

斎々しい月の国から。

だから、彼の国の仙女もそこに帰って行ったのだ。

そして。

遠く頭の上で輝く天空の月には決して手が届かないけれど、
こうして池の面に映り、ゆらゆらと揺れている月には手が届く。

美しい月を手に掬《すく》うことができる。間違いなく、自分の掌の中に。

女性は、夜空にかかる望月と、池面に浮かぶ月を交互に眺めた――。

今夜は中秋の名月。

風は、そよりとも動かない。

《九月十一日（木）仏滅　望月《もちづき》》

過ぐれば《す》これぞ奈良坂《ならざか》や。

春日の里に著き《つ》にけり、春日の里につきにけり。


九月も二週目に入り「立秋」から一ヵ月も経って朝晩は多少涼しい風が吹いているらしいが、昼間はまだ「真夏」の京都の街を、加藤橙子《かとうとうこ》は滴り落ちる汗を拭いながら足早に歩いていた。

ふと見上げたビルに表示されている現在の気温は、三十四度。

二時間ほど前に出発した東京の気温とは、わずか二、三度しか違わないというのに、京都の暑さは別格。熱気が辺り一面に、みっしりと隙間なく詰まっている。

その熱く重い空気を搔き分けるようにして、橙子は今出川通《いまでがわどおり》を歩く。西陣《にしじん》のホテルで、歴史作家の三郷美波《みさとみなみ》と待ち合わせているのだ。

橙子は現在、フリーの編集者で、東京の大手出版社の契約社員。日枝山王《ひえさんのう》大学国文科に在籍していた当時から、歌舞伎や文楽が大好きだったので、将来は日本伝統芸能などの評論家を目指している。でも今はまだ、出版社での見習い程度。

今日は三郷と、新作の打ち合わせで京都までやって来ている。といっても三郷ほどの作家になると、実質的な担当は編集長。橙子はその「補佐」で、こうして動いている。

しかし、三郷からとても可愛がってもらっている上に、彼女の話を聞くだけでも勉強になるので、打ち合わせでは他愛もない雑談すら楽しみにしていた。

待ち合わせ時間より少しだけ早くホテルに到着すると、橙子は程よく効いた冷房にホッと一息ついて汗を拭う。肺に溜まった熱気を放出しながらラウンジのソファに腰を下ろし、打ち合わせ用に持参した資料を取り出した。

三郷の次作のテーマは「壬申の乱」だそうだ。

この乱は言うまでもなく飛鳥時代、第三十八代・天智《てんじ》天皇が崩御後の天武《てんむ》元年——あるいは弘《こう》文《ぶん》二年（六七二）六月に、天智天皇皇子・大友《おおとも》と、天智の弟・大海人《おおあま》皇子による、皇位継承をめぐって勃発した古代日本史上最大ともいわれる内乱だ。

日本国を二分するこの戦いで勝利を収めた大海人皇子は、後に即位して天武天皇となったのだから、間違いなく日本の歴史を大きく変えた戦いの一つと言える——。

と、この辺りまでは知っていたが、橙子の専攻は国文、しかもメインは「江戸文化」。これ以上詳しくはない。

そこで今回、三郷に会うにあたって少し勉強し、役に立つかどうか自信はなかったが、関係している資料を会社の図書室で少しコピーしたりプリントアウトしたりして持参した。

一息ついて、ゆったりとしたソファで涼みながら目を通していると、エントランスのドアが開き、ショートボブにサングラスの女性が入って来た。三郷美波だ。

三郷はすぐに橙子の姿を認めると、軽く手を挙げて微笑みながら近づいて来る。純白のトップスに、パープルのストレートパンツ。いつもながら、若々しいシルエットだ。

サングラスを外す三郷を橙子は席を立って迎え、二人は、今日も暑かったわね、お疲れさま、いえいえそんな、などという簡単な挨拶を交わしつつ飲み物を注文すると、三郷は煙草に火をつけて一服した。

事務的なやりとりなら電話やメールで事足りるのだが、作品の内容に突っ込んだ話となると、やはり直接会って話をした方が、打ち合わせの中身もぐっと濃くなる。当初は予想もしていなかったような展開になることも、今まで何度かあった。三郷の言葉を借りれば「会話がスパークする」ということなのかも知れない。

但し。今回のテーマ「壬申の乱」は橙子の得意分野ではなかったし、この乱に関してはすでに数多くの研究者や歴史家が論考を発表している。

たとえば、乱の際の天武天皇——大海人皇子軍と、大友皇子軍の進軍状況を事細かに図説している作品や、大海人皇子と大友皇子の父・天智天皇の関係を詳しく書き記している著作もある。更にそれに関係して、天智・天武の二人の天皇に愛された、日本史上に燦然と輝く女流歌人・額田王《ぬかたのおおきみ》の生涯などなど……。

そこで、どうして次回作のテーマを「壬申の乱」に決めたのかと橙子が尋ねると、

「女性——額田王や、彼女と天武の間に生まれた十市皇女《とおちのひめみこ》をメインに据えて書いてみたいと思ったのよ」

三郷は煙草を灰皿に押しつけながら答えた。

「額田王に関しては、たくさん書かれているけれど、十市皇女は、それほど多くない。でも彼女は、乱に敗れた大友皇子の正妃で、しかも乱の六年後に宮中で突然死している」

「突然死ですか！」

「自殺とも暗殺ともいわれているわ」

「自殺か暗殺？」

そう、と三郷は頷く。

「この辺りにも謎がありそうよね。自分の父と夫の戦いの狭間で生きた皇女の生涯――しかも最期は突然死なんて、とても興味を惹かれるわ」

確かにそうだけれど。

十市皇女の名前は耳にしたことがあっても、全く詳しくない。

でも、それが事実ならば、橙子も俄然興味が湧いてくる。

三郷の話に身を乗り出して聞き入り、同時に所々で自分の意見を口にしながらの熱が入った打ち合わせが終了して、コーヒーカップを口に運ぶ橙子の前で、三郷は言う。

「本当はこの後、あなたと食事でも摂りながらゆっくりお話をしたかったんだけど、電話で言ったように今日は無理なの」

「はい」

その話は、数日前に聞いていた。

「どうしても今日中に入稿しなくてはいけない原稿ができちゃって。もちろん、私じゃなくって相手のミスよ」三郷は笑う。「まあ、原稿は何とかなるけど、食事を楽しんでいる時間まではないの」

「充分に承知しています」橙子は微笑んだ。「お互い他人《ひと》のことは言えないので」

「今夜は中秋の名月でしょう。だから、祇園《ぎおん》か先斗町《ぽんとちょう》あたりで満月を愛《め》でながら、あなたとお酒でも飲みたかった」

「お気持ちだけで、嬉しいです」

ごめんなさいね、と言って三郷は荷物をまとめる。

「もしも時間があれば、あなただけでも名月を眺めてから帰ったら良いんじゃない？　古都の満月は都会とはまた違った趣があって、とても素敵よ。藤原定家《ふじわらのていか》が、あれほどまでに月を好んだ理由が実感できるかも知れないわ」

「はい」

橙子は素直に頷いた。

どちらにしても今日は、会社に寄らずこのまま直帰する予定。

それなら、月の出まで少し時間を潰して「古都の名月」の明かりを浴びてから帰るというのも一興かも。

「じゃあ、これはいただいておく」三郷は、橙子の用意した資料を手早く整えるとカバンにしまった。「少し書き始めたところで、また相談するかも知れないけど、その時はよろしくね」

「もちろんです！」

橙子は答えて、二人は別れた。

＊

京都駅に向かいながら、橙子は先ほどの打ち合わせの内容を編集長に電話で伝える。次作のテーマと大まかなストーリー、書き上げるまでの大体のスケジュール……云々。編集長の「ご苦労さん」というねぎらいの言葉を聞いて、橙子の今日の仕事は完了。時計を見れば、月の出まであと一時間ほど。

三郷の提案通り、どこかで名月でも愛でようかなと思って歩いていると、駅のコンコースに貼られていたポスターに目が行った。そこには春日《かすが》大社の朱色に映える社殿が大きく写し出され、まさしく今日、中秋の名月の日に「采女祭《うねめまつり》」という祭礼が執り行われると書かれていた。

〝采女祭……〟

初めて耳にする名前の祭だ。

近寄って詳細を読めば、猿沢《さるさわ》池の近くに鎮座している春日大社境外末社「采女神社」の例祭で、かなり大々的に行われるようだった。

昨日の「宵宮《よいみや》」に続き、今晩これから、稚児行列や御所車などが奈良の町を練り歩き、その後満月の下、池には龍頭鷁首《りゅうとうげきしゅ》の管絃船が浮かべられ、文字通りの古代絵巻が繰り広げられると説明書きがあった。

龍頭鷁首の船というのは『源氏物語』の「胡蝶《こちょう》」の巻にも登場する。一隻は舳先《へさき》に龍の頭、もう一隻は鷁の首の形を彫刻した二隻の船のことだ。「胡蝶」では、この船に貴人・伶人を乗せて池泉に浮かべ、一晩中雅楽を楽しんだと書かれている。ちなみに鷁は、外見は鵜《う》に似ているがその羽は白く、大空を飛び水に潜る鳥という想像上の生物で、言うまでもなく龍は、大海や地底に住み雷雨を自在に操るという、蛇が神格化された生き物。

でも……。

春日大社は知っているけれど、その境外末社の、

〝采女神社？〟

初めて目にする名前だ。

しかし。

これはまさしく「古都の名月」を愛でながらの時代祭ではないか。

この祭は昨日から始まっていたらしい。宵宮——つまり、前夜祭が執り行われていたとは、これはなかなか本格的な祭だ。

しかも、毎年開催される日にちは同じではないらしい。というのも、その年の「中秋の名月の日」に開かれるからだという。だから当然、年によって日にちがずれる。

かなりこだわりのある祭だ。

橙子は、すぐに時刻表を確認した。

奈良は、東京からだと少し遠いイメージがあるが、今いる場所は京都。しかも猿沢池なら、近鉄奈良駅から歩いてすぐのはず。今からでも充分間に合う。

京都から奈良までは、近鉄奈良線特急で約三十分。あっという間だ。

しかもラッキーなことに、次の特急の発車は十分後。

まず采女神社にお参りしたら、どこかで軽く夕食を摂って、祭と名月を堪能した後、近鉄奈良駅発二十時半の京都行き特急に乗れば、最終一本前の新幹線「のぞみ」に間に合うから、余裕で今日中に帰りつける。

これも何かの「縁」かも知れない。

行ってみよう。

橙子は大急ぎで帰りの新幹線の乗車券だけ購入しておくと、すぐさま目の前の近鉄乗車券売場へと走った。

特急の座席に腰を下ろすと、早速携帯を開き、まずは「采女祭」と「采女」について調べる。

予定外の行動だから、どこまで情報を得られるかは不明だが、全く何も知らずに足を運ぶより少しはマシなはず。せっかく行くのに「綺麗だった」「楽しかった」だけで帰るのは、もったいない。

それに、三郷も「壬申の乱」をテーマに決めた以上、間違いなく奈良に足を運ぶだろう。そこに「采女」が関与してくるかどうかは何とも言えないが、この祭は地元では有名らしいので、次に三郷と会う時のちょっとした土産話になる。

橙子は携帯を覗き込んだ。

「采女」に関しては、何度か耳にしたことはあるものの、殆ど記憶にない。しかし、調べてみると予想外に多くヒットした。「采女」は、決してマイナーな存在ではないらしい。

画面には、こうあった。

「七世紀から八世紀初期の宮廷では、采女の仕事はすでに法律によってはっきり定められていた。それは、天皇の食膳をととのえて出し、食事のあいだそばについて世話をすることであった。しかし采女たちは、のちの平安朝宮廷の女官たちのように、中央貴族の娘ではなかった。いずれも地方豪族の姉妹や娘で容姿端麗な美人が、各地から宮廷へ貢ぎ出されてきたのである」

〝容姿端麗な美人が……貢ぎ出され〟

橙子は、顔をしかめる。

当時、美しい女性は、朝廷への「貢ぎ物」だったということだ。

しかし『書紀』を見ると、雄略《ゆうりゃく》天皇二年の条には、

「倭の采女日媛《ひのひめ》をして酒《おおみき》を挙《ささ》げて迎へ進《たてまつ》らしむ。天皇《すめらみこと》、采女の面貌《かお》端麗《きらぎら》しく、形容《すがた》温雅《みやびか》なるを見《みそなわ》して」

非常に肯定的に書かれている。

ということは「采女」という制度は、地方豪族たちにとっても、必要な慣習だったのかも知れない。

この「采女」によって彼らは中央の天皇家と繋がり、地元における「力」を維持することができる。天皇家公認の豪族になれるというわけだ。

つまりこの制度は、朝廷に対する服従の証であると同時に、彼らにしてみれば一種の政略結婚だったに違いない。

戦国時代の「人質」であり、江戸時代の「大奥」に通じるものもある。運が良ければ天皇の皇子や、将軍の世継ぎを身籠もる可能性もあるのだから、そうなったら家族共々大出世だ。

現代でこそ、とんでもない話になるが、古代史にはこうして堂々と記され、しばしば散見されるその慣習こそ「采女」ということになる。

だが。

今は余り時間がないので「采女」自体に関してはこの程度にしておいて、明日にでもまた本格的に調べよう。とにかく今日のメインは、その采女を祀る「采女祭」。

どういう祭なんだろう？

橙子は携帯を覗き込む。

その由来はといえば――。

奈良の都の頃。

念願叶って、ようやく「奈良の帝」に召されて寵愛を受けた一人の采女がいた。しかし、天皇はその一夜のことをすっかり忘れてしまったのか、それ以降、再びの召し出しが途切れてしまう。

それを嘆いた采女は、中秋の名月の夜、ついに猿沢池に身を投げてしまった。それを耳にした帝は大層嘆かれ、わざわざ池の畔《ほとり》まで御幸《みゆき》されて、その後、彼女を丁寧に弔った――。

このエピソードをもとにして、猿沢池と采女の伝説が残されたらしい。

ということは、この采女は本心から天皇を慕っていたということになるのか。そして天皇も、わざわざこの場所まで御幸されているのだから、あえて采女を遠ざけていたとは思えない。おそらくそこに、何らかの事情があって、采女と疎遠になってしまったということなのだろう。

その結果として、采女は中秋の名月の日に猿沢池に入水したことになる。祭の当日なのだから、それは間違いない。彼女の命日というわけだ。

この話は、作者不詳の『大和物語《やまと》』にも載っているらしい。

また、同じような物語集である『御伽草子《おとぎぞうし》』にも、

「うらみわびたる猿沢の池、といふ句あり」


とあるという。

つまりこの祭は、猿沢池に身を投げた采女の霊——怨霊を慰めるために、毎年行われているわけだが、それほどまでに采女の怨念が強かったのか、それとも周囲の人々の采女に対する愛情が深かったのか……。

次に、その采女神社を末社に持つ春日大社に関しても、念のため簡単にチェックしておく。

こちらは、全国に二千とも三千ともいわれる春日社の総本社。さすがに携帯の画面上に、関係情報がズラリと表示された。

主祭神は、

「武甕槌命《たけみかづち》」。

「経津主命《ふつぬし》」。

「天児屋根《あめのこやね》命」。

その后神《きさきがみ》の「比売神《ひめがみ》」の四柱。

武甕槌命と経津主命は、天照大神の命を受けて出雲国に降り、大国主《おおくにぬし》命に国譲りを迫った神だ。

そして天児屋根命は、中臣《なかとみ》氏＝藤原氏の始祖神である。ここから春日大社は、藤原氏の氏神として篤く信仰されるようになった――。

〝そういえば……〟

橙子はふと、母校の日枝山王大学・民俗学研究室に所属している一人の助教授を思い出す。

小余綾《こゆるぎ》俊輔《しゅんすけ》だ。

誰からも、研究室教授・水野《みずの》史比古《ふみひこ》の後継者と見られている男性だった。

ただ、ここが非常に微妙でセンシティヴな点なのだけれど、実はこの水野研究室は、日枝山王大学の「ブラック・ボックス」と陰口を叩かれている。

というのも、水野の説は従来の、いわゆる民俗学の系統からは大きく外れていて、時には柳田《やなぎた》國男《くにお》や折口信夫《おりくちしのぶ》など、先人たちの批判まで堂々と行ってしまう。だがそれは、ただの揚げ足取りや、叩いて自分の名前を売ろうという姑息なものではなく「現実に即しておらず、同時に自分の説と相反しているから」という毅然としたものだった。

更に――これは水野研究室として特筆するべきことかも知れないが――水野や俊輔たちは「学問に垣根なし」と言い切って、専門の民俗学だけではなく、日本史や伝統芸能や日本文学の分野にまで遠慮なく足を踏み入れては論文をものして、何一つ悪びれる様子もなく学会などで発表してしまうから、当然、他の研究室からは白い目で見られる。

専門でもないくせに、どうして他人の領域にまで首を突っ込んでくるのだというわけだ。

これでは、四面楚歌。どちらを向いても敵ばかりだ。

しかし水野も俊輔も、そんな批判や抗議を一顧だにせず、我が道を歩んでいた。

俊輔は言う。

「全ては繋がっている。何故なら、これらは全部『人の営み』なのだから」

それを我々が便宜上、日本史・国文学・民俗学・芸能文化——などと勝手に分類しているだけだ、と。

故に、それら全てを俯瞰して、初めて「歴史」や「文学」や「民俗学」が理解できるのだ、と。

橙子も、その説には共感した。

能や歌舞伎や文楽を研究するには当然、日本史や民俗学、更には神道や仏教や陰陽道《おんみょうどう》の知識までもが必要になるから、それを総合的に教えてもらえる先生がいたら、ぜひ話を聞きたい。

そう思って学生時代は——さすがに水野教授はオーラが強すぎて近寄りがたかったから、多少はソフトそうな——俊輔の元へ、さまざまな話を聞きに行き、数々の質問もした。

俊輔にとっては、おそらく幼稚な問いかけだったに違いないのに、一つ一つ丁寧に答えてくれ、これで橙子は、俊輔に心酔してしまった。

そんな俊輔が、以前何かの機会に口にした言葉が、橙子の脳裏を過《よ》ぎったのだ。それは、

「春日大社は、本当に藤原氏を祀るためだけの神社なんだろうか？」

という問いかけだった。

その言葉を聞いた時、橙子は呆気に取られながらも、

「だって、先生」俊輔を眺めて苦笑した。「それは、千年も前からの常識ですよ。当初から——といっても創建時は知りませんけれど、少なくとも藤原氏の始祖神・天児屋根命が勧請されてからは、ずっと藤原氏を祀り守護しているって」

すると俊輔は、

「いや」と真剣な表情を崩さずに応える。「あの大社が藤原氏を祀っていることは間違いない。しかし、それだけだろうか？　言い方を変えれば、藤原氏が春日大社の本質かな？」

「もちろんそうだと思いますけど……。じゃあ、先生は何だと？」

「まだ分からない」俊輔は頭を左右に振った。「しかし、ぼくは何か違うのではないかと思っている。あの大社は、全く表に出て来ていない秘密を隠し持っているような気がしているんだ。これは、あくまでもぼくだけの『勘』だが、これはいつか突き止めてみたい謎だ。どちらにしても春日大社は、一筋縄ではいかないな」

俊輔は笑い、その時はそのまま話が流れた。

しかも、どういう話がきっかけだったのか、また当時の橙子は春日大社に関して特に何も疑問を抱いていなかったので、その他の詳細に関しては、殆ど思い出せない。

今だったら、もっと深く突っ込めたのに……。

〝とにかく〟

橙子は気を取り直すと、現実に戻って資料に目を落とす。

春日大社の創始は、神護景雲《じんごけいうん》二年（七六八）十一月九日とされるというから、今から千二百年ほども前になる。

その後、藤原一族の発展に伴って繁栄し、同時に藤原氏の氏寺である興福寺《こうふくじ》とも関係が深まり、更なる発展を遂げた。

ただ、あくまでも奈良時代から明治時代までは「春日大社」ではなく「春日社」だった。しかし戦後、全国に勧請した何千社の春日神社の総本社であることから「春日大社」となったのだという。

そのため、この大社で執り行われる祭礼も、膨大な数に上る。中でも特筆すべきは、三月の「春日祭」と、十二月の「春日若宮おん祭」である——。

〝あら？〟

橙子は首を捻る。

ということは、今日——中秋の名月の「采女祭」は、それほど重要な祭とはいえないのか？

それにしては、かなり大々的に宣伝されていたし、歴史も深い。ただ単に風流を楽しむだけの祭ではなく、采女の怨念を祀り祓《はら》う神祭《かみまつり》のはずなのに……。

橙子が訝しみながら窓の外を眺めた時、もうすぐ終点の奈良に到着しますというアナウンスが車内に流れ、橙子はゆっくりと手荷物の整理を始めた。

＊

近鉄の改札を出て地上に向かい、駅前の噴水の中で東大寺に向かって立つ行基《ぎょうき》上人像を眺めつつ、大勢の人々が行き交う東向《ひがしむき》商店街へ入る。観光客向けの土産物店や、地元の人たちも利用しているレストランなどが並ぶ賑やかな商店街の人混みを抜けて、三条通《さんじょうとおり》へ。商店街の突き当たりを左折して三条通を二百メートルほど歩けば、猿沢池だ。遥か前方には、興福寺の五重塔も夕空に映えている。

猿沢池は、それほど大きくはない。

というのも、興福寺が行う殺生の罪を戒めて魚を池に放つ「放生会《ほうじょうえ》」のために造成された、全周三百六十メートルほどの人工の池だからだ。

しかし今は、周囲にはオレンジ色の灯の点った提灯が無数に飾られて池の表に映ってゆらゆらと幻想的に揺れ、更にその明かりの数とは比較にならないほど沢山の人々が畔に集っていた。もちろん、この「采女祭」を観にやって来た観光客たちだ。

橙子は人々の間を縫うようにして、猿沢池北西に鎮座する采女神社に向かった。

もうすでにJR奈良駅を出発しているらしい「花扇奉納行列」は、賑やかにこちらへと向かっているようだった。

今日はこの後、十八時頃から采女神社で春日大社宮司以下、神職や巫女による神事が、そして十九時頃から、いよいよ満月に照らされた猿沢池に、萩や女郎花《おみなえし》や撫子など秋の七草で飾りつけられた全長二メートルもあろうかという大きな扇——扇子を三十度ほどに開いた形の「花扇」を載せた龍頭鷁首の管絃船が浮かぶという。

橙子は、胸を躍らせながら采女神社を目指す。

神社はすぐに分かった。ズラリと夜店が軒を並べていたし、周囲には関係者らしき人々が忙しそうに立ち働いていたからだ。

この神社は、一年の内この祭の期間にしか門戸を開かないらしい。普段は、五メートル四方ほどの狭い境内を囲む朱色の瑞垣《みずがき》で、固く閉ざされているという。そのため、今日はこの時とばかり、お守りや御朱印を求める参拝客が社務所に列をなしていた。

そんな光景を眺めながら神社の前を通り過ぎ、まずは猿沢池に近づく。

すでに池は、龍頭鷁首の船を一目見よう、あるいはカメラに収めようとしている人々で、幾重にも取り囲まれていた。

すると池の畔に「采女まつり」と書かれた、陶製の説明プレートが置かれているのに気づいた。それに視線を落とすと、

「時の帝の寵愛の衰えたのを苦に　月夜に　この池に身を投げた采女の　霊を慰めるお祭りで花扇奉納の行事がある。
王朝貴族が七夕の夜　秋草で飾った花扇を　御所に献じ庭の池に　浮かべて風雅を楽しんだ古事による。数十人の稚児がひく花扇車や　十二単《ひとえ》の花扇使が御所車で市中をねり　名月が姿を現すころ　竜頭船に花扇を移し　管絃船からの　雅楽の調べとともに池を二周　花扇は水面に浮か

べられる」

とあり、説明文の下部には、池に浮かんだ優雅な管絃船の絵が描かれている。その更に下方に描かれているのが采女神社だろう。

左手に興福寺五重塔を見上げながら、橙子は池の周りを進む。

大勢の観光客や見物客たちの間を縫うようにして歩いて行くと、池の東の角には、采女が入水前に衣を掛けたという柳の跡「きぬかけ柳」の石碑も残っていた。

そのすぐ横には、橙子の身長を遥かに超える「九重塔」と、可愛らしい「采女地蔵」が建てられていたので、そっと手を合わせた。そして、のんびりと周囲の草を食む、あるいは観光客に鹿せんべいを強引にねだる鹿たちを横目で眺めながら、橙子は采女神社まで戻った。

ごった返している境内に何とか足を踏み入れたのだが、社殿を見ていきなり驚いた。

一間社《いっけんしゃ》流造《ながれづくり》の小さな社殿は西向き――つまり、猿沢池に完全に背を向けて建っていたからだ。

不思議に思った橙子が、すっかり擦れてしまってようやく判別できた由緒書きを読むと――。

この神社は、入水した采女を鎮魂するために建立されたのだが、その采女の霊が、自分の入水した猿沢池を「見るのは忍びない」とおっしゃって、建立後一夜にして社殿がぐるりと百八十度回り、池に背を向けてしまったと伝えられているのだという。

橙子は唖然とする。

とんでもないエピソードだ。

天皇を始めとする周囲の人々の鎮魂が、その采女には届かなかったということではないか。それほどまでに、彼女の怨みが深かったのだろうか。

尋常ではない怨念だ。

ゾクッと身震いしてしまった橙子は、参拝者たちの列に並び、しっかり拝礼して采女神社を後にした。


三条通に戻ると、遥か遠くから笙《しょう》や篳篥《ひちりき》や楽太鼓《がくだいこ》などの、雅楽の音《ね》が聞こえてきた。

橙子は時計を見る。

神事や管絃船の儀まで、まだ少し時間がある。今のうちにどこかで簡単に夕食を摂ってしまおう、そう思って三条通を歩く。運良く一人分だけ席が空いていた喫茶店を見つけ、橙子は単品のパスタを注文する。アルコールはもう少し我慢して、ペリエを一本。

パンフレットに目を通しながらパスタを口にしていると、やがて雅楽の音が大きくなり、人々の歓声も聞こえてきた。

説明書きによれば、行列に参加している稚児だけで何十人もいるという。またその上に「ミスうねめ」「ミス奈良」といった女性たちや、何と姉妹都市である福島県郡山《こおりやま》市からも大勢の人々が参加して、総勢二百人余りにもなる行列なのだという。

ちなみに、郡山市の采女伝説は奈良とは少し違っているようだ。それは――。

奈良の都からやって来た葛城王《かつらぎ》をもてなすために地元の安積《あさか》を詠んだ歌を奏上した春姫《はるひめ》を、王はとても気に入り「安積采女」として都に連れ帰った。

しかし、その時彼女には婚約者がいた。そこで彼女は、中秋の名月の夜、猿沢池に入水したように見せかけて、故郷の郡山・安積の里まで帰った。ところが、婚約者はすでに亡くなっており、失意の彼女は、その後を追うようにして清水に身を投じてしまった……。

こちらもまた、悲しい伝説だが、この伝説がもとになって、奈良市と郡山市は姉妹都市となったのだという。

この祭は、ただ華やかで優雅なだけではない。奥深い部分に、悲しい思いを隠している。

そうならば。

〝やっぱり、一目見なくちゃ！〟

橙子は急いでパスタを掻き込むと会計をして、再び三条通へ飛び出す。人垣の後方から覗き見れば、確かに延々と長い行列が続いていた。

先頭には、大きな幡《ばん》や御幣《ごへい》を掲げた人々が進み、次に、橙子の想像以上に大きく華やかな「花扇」を載せた車を何人もの白丁《はくちょう》役の男性たちが曳き、その後ろから花扇使の女性の乗った御所車が優雅にやって来た。

ただ、車の女性の衣装は、平安時代の十二単。時代が少しずれてしまっているが、花扇に負けず劣らず華やかなので、それも良いかも知れない。

続いて、綺麗な天平装束の「ミスうねめ」と「ミス奈良」たちを一人ずつ乗せた、花扇車より一回りほど小さい御所車が二台やって来た。彼女たちは、まさに天平人のように髪を頭の上に一つにまとめ、額には四つの紅《べに》を置いている。飛鳥・天平の頃の、高貴な女性の化粧だ。

そして、おそらく家族や友人たちからだろう、見物客の列から声をかけられては、嬉しそうにニコニコと応えていた。

次は、何人もの女性たちが、色取り取りの淡い色合いの上衣《うわぎ》から長い領巾《ひれ》を垂らし、風になびかせながら続く。

手にしている長い柄の楕円形の団扇《うちわ》は、貴人が外出時に用いるという「翳《さしば》」。

こちらもまた、完璧な天平装束だった。

その後方には今度は、立烏帽子《たてえぼし》を被り白い水干《すいかん》に緋袴《ひばかま》姿で太刀を佩《は》いた、大勢の白拍子姿の女性たちが続く。更に彼女たちの後方には、烏帽子を被った直垂《ひたたれ》姿の男性の列があった。直垂の背中に大きく入った紋は「下がり藤」。もちろん、春日大社の神紋だ。

ただ、これらの男女の衣装は、時代的には鎌倉から室町になる。この祭が非常に盛んになったのは室町時代以降というから、その時代における演出だったのだろう。

とにかくこの祭は、高い確率で怨霊となってしまったであろう采女の霊を慰めるためのもの。彼女の心を和ませることができれば良い。細かい時代考証などは無粋だ。

最後は、可愛らしく化粧をして、金冠や金烏帽子を被った稚児たちの行列がやって来た。説明書きのように「花扇車」を曳いてはいなかったが誰もが楽しそうで——とはいえ、一部ぐずっている子供もいたが——おそらく両親や祖父母たちだろう、ずっとその脇を一緒に歩き笑い合いながら写真を撮っている。中には最初から母親に手を引かれながら歩いている稚児もいて微笑ましい。

そんな和やかな行列が終わり、辺りが闇に包まれてきた頃、人々が猿沢池の北西角に集まり始めた。

采女神社だ。

春日大社宮司を始めとする何人もの神職、巫女も到着し、関係者が次々に入口に用意された水桶の水で手を清め、境内にぎっしりとひしめくように並べられたパイプ椅子に腰を下ろした。

社の前面には、先ほど橙子も目にした立派な花扇と御幣が飾られ、やがて神職が神妙に神事の始まりを告げると、境内と参列者のお祓いを行い、春日大社宮司が長い祝詞を奏上する。

橙子は、ほぼ聞き取れなかったが「采女の大神《おおかみ》」という言葉だけは耳に飛び込んで来た。やはり采女は「神」になったようだ。そして、

「——畏《かしこ》み畏み曰《もう》す」

宮司が深々と一礼して祝詞が終わると、今度は二人の巫女たちが手に手に神楽《かぐら》鈴を持って立ち上がり、辺りの空気を清めるかのように高く澄んだ音を響かせながら、厳《おごそ》かに神楽を舞った。

最後に、参列者が順番に玉串を奉奠《ほうてん》して、神事は滞りなく終了した。

それを合図に周囲の人たちが慌ただしく動き出し、この祭のメインイベントともいえる「管絃船の儀」が始まった。

すでに満月は、皓々と暗い天空に輝いている。

猿沢池の周囲は、まるで漁り火のように明かりが点り、固唾を呑んで見守る人々の前で、池に浮かんだ二艘の龍頭鷁首の管絃船が、今や遅しとその時を待っていた。

花扇が天平装束の人々の乗った船に運び移され、松明に火が点ると、演奏される雅楽に乗って船は静かに動き出した。

名月の光の下、漆黒の水面を、ライトアップされた二艘の船がゆっくりと滑るように進む。船には、松明の他にもいくつかの燈籠が点り、色取り取りの明かりも波打つ水面を進んで行く。

幻想的な、まるで天平の昔にタイムスリップしてしまったような空間だ。

橙子は、呆然とその光景に見入っていた。

猿沢池を二周すると、花扇を載せた管絃船は池の中央へと進んで停まる。同時に船上に控えていた「奈良采女祭」と染め抜かれた半被《はっぴ》姿の十人ほどの男性たちが立ち上がり、花扇を頭上に掲げ、慎重に船上を移動する。

これを暗い池に静かに投じるのだ。船上では、花扇使の女性が、微動だにせず手を合わせて拝んでいる。

その様子を神妙に見守る人々。

もちろん橙子も、その中の一人。

花扇は静かに猿沢池に浮かぶと、波に乗って流されて行く。

偶然なのか必然なのか、池の面には中秋の名月が、ゆらゆらと揺れている……。

やがて雅楽も止み「以上をもちまして、全ての行事は終了致しました」というアナウンスで、観客や参拝者たちは散会する。

池の畔では「ミス奈良」「ミスうねめ」たちが、何人ものインタビュアーやカメラマンに囲まれて楽しそうに感想を述べていた。

そんな光景を目にして、橙子も現実に戻る。

三々五々、猿沢池を離れて行く人々の群れに交じって、橙子も中秋の名月に背を向けると、近鉄奈良駅へと向かった。

＊

予想していたよりも早く全部を見終えることができた。

橙子は、余裕を持って改札を通る。

時刻表を確認すると、京都駅でのもう一本前の新幹線には間に合わないが、当初の予定の最終一本前の「のぞみ」には、充分に間に合いそうだった。

ホームに降りて待っていると、すぐに特急が入線してきた。乗り込んで携帯のニュースなどを見れば、明日の奈良は雨となっていた。雨でも祭は斎行されるだろうが、今夜のように美しい月を見ることはできなかっただろう。とてもラッキーだった。

橙子は座席に背中をもたれて微笑む。

そうだ。家に帰ったら、三郷に感謝のメールを送っておこう。何といっても、彼女の一言で素晴らしい祭を見物することができたのだから。

京都行き特急は、時刻通りに奈良駅を発車した。

橙子は、窓の外を流れる暗い夜空を見上げる。

早くも天気は少しずつ崩れ始めているようで、叢雲《むらくも》が月を隠してしまっていた。たまに顔を見せるものの、先ほどまでの白い輝きはない。まるで橙子の心の中のように……。

そう。

先ほどから采女祭に関して、何かがずっと心の隅に引っかかっているのだ。それは、突然夜空に湧き上がった叢雲のように、月の光を妨げ始めている。

何が？　と訊かれても、もちろん分からない。

どんな疑問？　と問われても、それすらも霧の中――。

橙子は、今見てきたばかりの祭を、頭の中でゆっくりと反芻する。

大勢の人々が、奈良市のメインストリートを練り歩く「花扇奉納行列」。

帝の寵愛が途切れたため、悲しみの余り猿沢池に身を投げてしまった采女を祀る「采女神社」。

その社は、池を見たくないために一晩でくるりと背中を向けた。そんな伝説も不可思議だが、橙子の抱いている疑問とは違う。もっと何か……根本的なものだ。

次に、采女神社で執り行われた「花扇奉納神事」。

ここには、本社である春日大社の宮司以下、神職も参列し、巫女たちの神楽舞も奉納された。

そして「管絃船の儀」。

古式ゆかしい龍頭鷁首の船に花扇が載せられて、池をぐるりと二周した後、花扇は静かに池に投げ入れられる――。

橙子は眉根を寄せた。

何かがおかしい。

そんな違和感は、祭の途中から抱いていた。

これら一連の祭事の中に、何かとても大きな矛盾点があるような気がしてならない。

もちろん、行列に参加している人々の衣装の時代考証などではない。さっきも感じたように、この祭はあくまでも、自ら命を絶った「采女」の霊を慰めるために執り行われているのだから、そんな些細なことはどうでも構わない。

橙子の心に引っかかっているのは、もっと大きな根元的な違和感だった……。

苛々して精神衛生上とてもよろしくないが、しかし今はどうしようもない。そもそも、何に対する違和感なのか、それすら分からない状態なのだから、手の打ちようがない。

〝東京に戻ったら、もう一度最初から調べ直してみよう〟

橙子は決心する。

采女祭だけではなく「采女」に関しても、きちんと調べる。

そのためには——。

やはり明日、日枝山王大学の俊輔に連絡を入れてみよう。きっと、何か教えてくれるはず。ひょっとすると、采女に関してもアドバイスをくれて、橙子のこのもやもや感がすっきりと晴れるかも。

橙子はシートに体を預けて、再び窓の外を眺めた。

しかし、あれほど美しかった古都の名月は、今やすっかり厚い黒雲の中に姿を隠してしまっていた。

《九月十二日（金）大安　十六夜月《いざよい》》

これは昔、采女と申しし人。

この池に身を投げ空《むな》しくなりしなり。


橙子は朝一番で出社すると、昨日の三郷との打ち合わせの報告を始めとする細々とした雑務を済ませ、いつでも移動できる態勢を整えた上で、母校・日枝山王大学の民俗学研究室に電話を入れた。

俊輔と話すのは、一年ぶりくらいだろうか。あの、ぶっきらぼうだけれど優しい声が聞けると思うと、嬉しさと緊張で胸がドキドキする。

四回目の呼び出し音で、

「はい。水野《みずの》研究室」

という冷静な女性の声が聞こえた。

橙子が電話の目的を告げ、俊輔に代わってもらいたいと伝えると、

「申し訳ありませんが」女性は静かに応えた。「小余綾《こゆるぎ》助教授は、不在です」

更に、明日明後日は土日なので、出勤は月曜日になります、と言う。

「そうですか……了解しました。では、また改めます」

橙子はガクリと肩を落としながらも、丁寧にお礼を述べて受話器を置いた。俊輔の携帯の番号は知らないので、連絡は月曜日まで待つしかない――。

橙子は軽く落胆の溜息を吐きながら、ふと思った。

今日は午前中で退社して、そのまま図書館へ行く予定。

それならば、母校の図書館に行ってみようか。

あの図書館は、下手な公立図書館より民俗学や神社仏閣に関しての資料が揃っているし、学生時代には一日おきくらいに足を運んでいたから、どんな資料がどこらへんにあるのかも頭に入っていて、使い勝手が良い。だから社会人になった今も、許可をもらってたまに利用させてもらっている。俊輔はいないようだけれど、久しぶりに行ってみよう。

橙子はそう決めると、残りの仕事に取りかかった。


日枝山王大学図書館の入口で受付を済ませると、橙子は室内に入る。いつもと変わらず、ひんやりとした空気と静寂。そして懐かしい匂い。

今は夏休み期間中なので、一般の学生は殆どいない。大学院生と研究室生らのわずか数人で、この贅沢な空間を占領している。

橙子は、指定された席に荷物を置くと早速書架に向かう。

〝さて……〟

何冊もの資料本を抱えて席に戻ると、まず采女神社の本社・春日大社について調べる。こういう時は、まず大元《おおもと》から入るのが常道かつ早道——。

春日大社の創始は、昨日調べたように今から千二百年ほど前。

但し『延喜式《えんぎしき》』神名帳《じんみょう》は、今の「春日祭神四座」の他に、春日神社一座、鳴雷《なるかみ》神社一座、大和日向《ひむかい》神社一座と、他の社名を並記していて、これらを包括して春日大社とする説もあるらしい。

しかし、どちらに転んでもこの大社は、非常に古く由緒正しい歴史を持っていることになる。

また、鎌倉時代——文暦《ぶんりゃく》元年（一二三四）頃に書かれた『古社記』には、奈良時代に神様が常陸《ひたち》国から御蓋山《みかさやま》へお越しになる時、神鹿《しんろく》をもって御馬とされ……とあるという。

また、別の伝承では、武甕槌《たけみかづち》命が常陸国の鹿島《かしま》神宮から白い鹿に乗って出発して三笠山《みかさやま》に遷座したのが創始だという。

同時に、下総《しもうさ》国にいらっしゃった「経津主《ふつぬし》神」も、やはり「白鹿」に乗って春日大社に遷座され、その後に、天児屋根《あめのこやね》命と比売神《ひめがみ》が、河内《かわち》の枚岡《ひらおか》神社から勧請されてこの大社に祀られたのだという。

そして、これらの神々もやはり「白鹿」に乗って来られたとある。

つまり、大社の主祭神全員が「白鹿」に乗って遷座された。それ以来、春日大社の鹿は「神鹿」と呼ばれるようになったのだという。奈良・春日大社の鹿たちが大切に扱われているのも納得できる。

また、この天児屋根命に関しては『春日権現験記《かすがごんげんげんき》』の資料には、

「天児屋根命（第三殿）は、（天照大神がお隠れになった時）天岩戸を開いて、闇の中の万民を救われました。以来天照大神と天児屋根命は、心を一つにされているので、伊勢大神宮が春日の第四殿として姿を現されました。伊勢は皇室を守り、春日は関白に重んぜられているのです」

という、意訳された文章があった。

実は、この『春日権現験記』は序の書かれている別巻を含む二十一巻からなる絵巻物になっていて、春日大社のみについて描かれているわけではなく庶民――といっても、貴族に仕えている人々――の暮らしや、ペットとしての動物などに関しても描かれていて興味津々なのだが……今はこれ以上読み進むことは諦めて、次に進む。

春日大社の祭だ。

まずは、メインの「春日祭」。

この祭は、嘉祥《かしょう》二年（八四九）に始まり、毎年三月十三日、宮中より天皇様の御使者である勅使をお迎えして、平安時代からの古式に則って行われる例祭とあった。

京都の賀茂《かも》別雷《わけいかづち》神社（上賀茂《かみがも》神社）・賀茂《かも》御祖《みおや》神社（下鴨《しもがも》神社）の例祭である賀茂祭――通称・葵祭《あおいまつり》。そして、石清水《いわしみず》八幡宮の例祭である石清水祭――通称・石清水放生会《ほうじょうえ》。

それらと共に、三勅祭《さんちょくさい》――天皇の勅命によって執り行われる、日本でたった三つだけの祭の一つというわけだ。

なので、直会《なおらい》殿では当日奉仕の勅使以下、奉仕員の位と姓名を記した見参《げざん》――つまり、奉祀者名簿を勅使がご覧になる「見参之儀《げざんのぎ》」が執り行われる。ちなみに、この「見参之儀」の際の作法や仕草から「袖の下」という言葉が生まれたのだという。

その具体的な仕草を知りたかったが、詳らかにされていないようだった。当然と言えば当然だが、残念。

そして次の「若宮おん祭」。

こちらは、春日祭より少し新しく、保延《ほうえん》二年（一一三六）に、時の関白であった藤原忠通《ふじわらのただみち》が、五穀豊穣《ごこくほうじょう》・万民安楽《ばんみんあんらく》を祈願して、水徳の神であるという春日大社摂社・若宮を御旅所の仮殿にお迎えして、丁重にお祭りしたのが始まりといわれている。

しかしこの時、主に祭事を取り仕切ったのは春日大社の宮司や神職たちではなく、興福寺の僧侶だったという。もちろん、祭事にかかる諸々の歳費も興福寺から出た。だがこの頃は神仏習合だったのだから、全く不思議ではない。

とにかくこの祭によって、実際に飢饉や水害などが見事に収まったことから、それ以来現在まで、毎年十二月十五日より十八日まで執り行われている。

十六日は宵宮祭が行われ、十七日午前零時には遷幸之儀《せんこうのぎ》が始まり、神職が手に手に榊の枝を持ち、口々に「をを……」という警蹕《けいひつ》の声――貴人の行く手の先払いの声――を絶え間なく唱える中、大地の穢れを祓うために地を引きずるように運ばれる大松明と、沈香によって清められた参道を、若宮の神がゆったりと遷幸される。

十七日正午より、おん祭に参勤する田楽《でんがく》座や、細男《せいのお》座、猿楽《さるがく》座といった芸能集団や、大和《やまと》士《ざむらい》など祭礼に加わる人々が列次を整えて御旅所へ繰り出す「お渡り式」が始まる。

お渡りは一番から十二番までに分けられ、総勢約一千名、馬も四十八頭が参勤し、文字どおり日本一の規模だが、明治時代以前はこの十倍だったというから、物凄い。まさに、奈良を代表する祭だったのではないか。

ここで圧巻なのは、その後の「御旅所祭」で、この祭の中心となる部分だ。若宮神社の御神霊が遷された御仮殿の前面の舞台で、さまざまな芸能が奉納される。

神楽《かぐら》・東遊《あずまあそび》・田楽・猿楽・舞楽・和舞、そして細男《せいのお》などだったというのだが——。

〝細男……〟

聞いたことがなかった。

だが、こんな場所で奉納されるのだから、きっと由緒ある舞に違いないが……それにしても「細男」とは、また奇妙な名称だ。これは、後で改めてきちんと調べなくてはならないだろうが、何となく不穏な名称ではないか。

訝しみながら先を読む橙子の目に、

「御旅所で数々の芸能が奉納されますが、その奉納場所はいわば芝地の野外舞台であり、これが芝居の語源にもなりました」

という、とても惹かれる文章が飛び込んできて、それこそ「をを」と驚く。

「芝居」という言葉は、芝の上で観劇したことからきているという語源は知っていた。しかしそれが、まさか今回関わっている春日大社の祭が嚆矢だったとは。

橙子は改めて、食い入るように資料を読む。すると、

「大宮（本殿）と若宮は御同格とされ、大宮で祭典を行うとかならず若宮でも執行する」

と書かれていた。

〝本殿と同格？〟

これだけでも凄い話だが、更に、

「一年を締めくくる年末に、興福寺薪猿楽と共に猿楽（能・狂言）が演じられる、奈良の二大祭礼で、国家安寧を祈る大和一国をあげての大祭として盛大に斎行される故に、普通名詞の『御祭』という名が固有名詞化して『おん祭』と呼ばれたのです」

それがやがて、

「単に『おん祭』といえば若宮祭をさすことになった」

とある。

つまり、昔わが国で「神宮」といえば「伊勢神宮」。「大社」といえば「出雲大社」。「神」といえば「三輪《みわ》神」を指していたようなものではないか。

春日大社の祭――「御祭」も、そんなレベルだったことになる。

しかもこの書き方では、若宮の「おん祭」の方が、本社の「春日祭」よりも大きく、重要な祭だったかのように感じてしまう。

〝まさか、そんなことも……〟

橙子は苦笑した。

それよりも！

橙子の目が輝く。

興味津々の分野である「能・狂言」が、ここに登場した。

しかも「薪能」だ。

そういえば「薪能」に関しては、興福寺と春日大社が嚆矢だったとどこかで読んだ。

予想外の部分で、細かい事柄が繋がってくることに胸をときめかせながら、橙子はその猿楽などに関しての資料を読む。


「春日大明神が降臨され萬歳楽《まんざいらく》を舞われたという影向《ようごう》の松の前で、御旅所での奉納に先立って各神事芸能が奉納されます」

「猿楽座は、金春《こんぱる》・金剛・観世《かんぜ》・宝生《ほうしょう》の四座を大和猿楽四座というように、発祥はこの奈良の地で、おん祭にはかならず参勤し演能を競い――」


云々、とあった。

能・狂言は上流階級に独占されていたという説もあるが、この二ヵ所の能・狂言に関しては、そんなことはなかったようだ。その証拠に、

「南都両神事（興福寺の薪能と春日大社のおん祭）の能は町人用の観客席も設けられていた」

というのだ。つまり、橙子たちのような一般庶民も自由に観能できたことになる。

そしてまた、こんなことも資料に書かれていた。

「能舞台の鏡板《かがみいた》の松の絵は、この影向の松を起源としています」


〝そうだったのか〟

それで、能舞台の鏡板には、どんな流派のどんな能舞台でも、あの青々とした大きな枝振りの松の絵が描かれていたんだ。

またしても思わぬところで、将来の自分に役立ちそうな情報を仕入れることができた。これは、なかなか面白いかも。

橙子はノートに急いでメモすると、また違う資料をめくる。

すると今度は、

「猿楽座が御旅所に参入する際、その入口には埒《らち》という小さな木柵が設けられており、これを開けて御旅所に入ってきます。これを猿楽の埒明け《らちあ》と称して、なかなか話が前に進まないことを埒があかないといいますが、その語源もこの猿楽の埒明けにあるのです」

〝本当？〟

驚いた橙子が、語源辞典で確認してみると確かに、

「埒が明かない。

物事がはかどらないこと。問題が解決しないこと。

『らち（埒）』は馬場の周囲に設けた柵のこと」

「①賀茂の競《くら》べ馬で見物人が柵の外されるのを待ちわびて言ったため、②春日大社の祭りで、金《こん》春太《ぱるだ》夫《ゆう》が祝言を読まないと神輿の柵が開かず、一般の人が中に入れないための二説がある」

確定はしていないものの、その可能性は高いらしい。

それにしても――。

橙子は大きく深呼吸しながら、語源辞典を閉じた。

ちょっと興味本位で調べ始めた「春日大社」が、橙子の研究――というより、今のところは趣味――と深く関わるどころか、こんな言葉の語源にまで関与しているとは、全く想像もしていなかった。

そんな能・狂言は、かなり昔から舞われていたのだという。そのために「おん祭」では「能・狂言」とは呼ばずに、現在でも「猿楽」と呼んでいるそうだ。

ということは、もしもこの祭に友人を誘う時は、

「ねえ、ちょっと春日大社まで『猿楽』を観に行かない？」

と言うわけだ。

素敵じゃないか。

橙子は楽しくなり、思わず笑ってしまった。

続く説明には、こうあった。


「その『御旅所祭』では『翁《おきな》』の略式である、神楽式が舞われます」


〝翁！〟

能の根本・根源といわれる曲でありながら、構成・演出その他、全ての面で、いわゆる「能」には属さない曲。

非常に特殊な能とされてきたこの曲は、

「翁は能にして能に非ず」

と遠い昔から言われ続けている。

別名を「式三番《しきさんば》」。

この曲の「三番三《さんばそう》」を元にして、歌舞伎・文楽・上方舞・浄瑠璃などなど、実に多く演じられ謡われている。

内容的なことは置いておいても、「翁」が他の曲と特に異なるのは次の点だ。

この翁の演者たちは、所定の日数、家族を含む他の人々とは違う火——いわゆる「別火《べっか》」で食物を調理して食べる。

そして演じる当日には、出演者一同、神酒《みき》を飲み、洗米を嚙み、塩で身を清める。その後、後見《こうけん》が橋懸かりに出て、舞台と見所《けんしょ》――客席に火打ち石で切り火をし、楽屋に戻ると翁から順番に切り火を切る。

昔はこの時、ご覧になっている将軍の御簾が上がったという。

これに関して、女性として初めて能舞台で舞った白洲正子《しらすまさこ》によれば、

「この『翁』ばかりは、どんな能の嫌いな将軍でも、必ず御簾をあげて御覧になるしきたりになっておりました」

ということだ。

更に彼女の話だと「翁」を演じている最中に何事かが起きる――たとえば、詞章を間違えたり詰まったりしてしまう――と、その後に何らかの「不幸」な出来事があったために、この「翁」だけは、

「うまくやろうなどとは思いません。ただ滞りなくつとまるように、それだけを念じて」

誰もが演じるのだそうだ。

つまり「翁」は、神事と同等の扱いを受けていることになる。

もちろん、使用される面――「白式尉《はくしきじょう》」「黒式尉《こくしきじょう》」は、この曲目専用だ。他の曲では、決して用いられない。

このように、あらゆる点で、他の「能・狂言」とは一線を画していて、未だにとても謎の多い曲目なのだ……。

〝そういえば〟

今度は「興福寺薪能」を調べる。するとそこには、

「興福寺薪能（薪猿楽）」

とあり、続けて説明文が書かれていた。

「古くは『薪呪師《しゅし》猿楽』と記されている例もある。現在は『呪師走りの儀』『南大門の儀』『御社《ごしゃ》上《のぼ》りの儀』を合わせて『薪能』あるいは『薪御能』と称している。

これらは、当初は法呪師《ほずし》の仕事だったのが、猿楽呪師によって代行されるようになったものと思われる」


二番目に書かれている「南大門」は七度も焼失し、現在では再建されていないが、興福寺の正面玄関とも呼ばれるほど立派な重層建築で、規模は平城京の朱雀《すざく》門に匹敵するほどだったという。ということは（あくまでも推測だけれど）間口・約二十五メートル、奥行・約十メートル。基《き》壇《だん》から屋根の大棟《おおむね》まで約二十メートルになる。

凄い規模だ。

見事な朱塗りだったろう大門の、その前面で薪能……。

想像しただけで意味もなく胸が騒いで、頭がくらくらしてしまう。

でも、最初の「呪師走り」？

「呪師」――いわゆる「呪師」は分かる。大法会《だいほうえ》などで、加持祈禱を行う僧たちのことだ。

しかし、その呪師が走るとは何だ。

そこで調べると、

「猿楽などで、華麗な装束を身にまとって敏速に動く演技」

とあった。

更に、

「呪師《しゅし》走之儀《はしりのぎ》。

法会における『呪師』の所作よりおこったといわれ、能楽のもっとも古い呪師芸能を偲ばせる古儀」

そして、

「呪師走とは、いわゆる翁舞のこと」

と書かれていた。

ゾワッと鳥肌が立つ。

どうやら、どちらに転んでも「翁」が深く関与しているらしい……。

橙子は、一旦資料を閉じて深呼吸する。

春日大社とは、興福寺とは、采女神社とは何物だ？

間違いなくその後ろには、決して歴史の表舞台に登場していない、大きな謎――深い闇を抱えている。

橙子の頭の中に、俊輔の言葉が再び蘇る。

「春日大社は、本当に藤原氏を祀るためだけの神社なんだろうか？」

橙子は眉根を寄せたまま、頭を振る。

その上、猿沢池で橙子が抱いた「違和感」の正体は、未だ判明していない。

こんな時に、俊輔がいてくれたら……。

いや、そんなことを言っている場合ではない。

橙子は立ち上がると、自分を鼓舞するようにもう一度、息を大きく吸い込んだ。そして、

〝次は「采女」だわ〟

机の上の資料を抱え、書架に向かって歩き出した。

*

日枝山王大学、歴史学研究室。

堀越誠也《ほりこしせいや》は机の上の資料を、ゆっくりと見た。

誠也は研究室助手。専門分野は、平安後期から鎌倉・室町。しかし今のところは何かと雑用も多く、未だしっかりとした研究成果を挙げられていない。

その上今回、教授の熊谷源二郎《くまがいげんじろう》から突然、飛鳥・奈良時代、初期の藤原氏——鎌足や不比等らに関しての新しい資料が欲しいと言われてしまった。

何ということだろう。その辺りは誠也の非常に苦手とする時代ではないか。源氏台頭の頃の奥州藤原氏や、一条・二条・九条・近衛《このえ》・鷹司《たかつかさ》などの鎌倉時代以降の藤原氏ならばともかく、飛

鳥・奈良とは……。

気が重いけれど、これればかりは仕方ない。

だが「源平藤橘《げんぺいとうきつ》」――源氏・平氏・藤原氏・橘氏の一氏族であるからには、これもまた自分の研究に無縁ではないし、熊谷も敢えて誠也に、その分野を託したのかも知れない。

それに藤原氏は、現代まで連綿と繋がっていることもあり、歴史上のあらゆるシーンに常に関与し登場する。その氏族について、今のうちに踏み込んで調べておくことも必要かも知れない。それが自分の不得意とする分野であるとしたら、尚更だ……ということは、頭で理解していても、こういったことでもなければ、なかなか自分からやってみようとは思わない。

そこで、むしろチャンスと見て、藤原氏に挑むことにした。

もちろん今まで、学生時代も含めて藤原氏について多く学んできた。当然、世間一般の人々よりは遥かに詳しいはずだ。しかし今回は、熊谷教授からの指示。まさか教科書や、そこらへんの資料本に載っている事柄だけを提出するわけにはいかない。まだ誰も触れていない「新しい資料」を求められているのだ。

もしも、まだそんな資料や文献、あるいは新しい視点があるなら、もちろん誠也も興味がある。そもそも藤原氏の始祖・(中臣)鎌足にしたところで、その出自が確定されているわけではない。さまざまな説、論考が満ち溢れている。

更に、鎌足の次男・不比等は、実は天智天皇の落胤だという有名な説もある。ただ、これに関しては確固とした文献が見当たらないことなどから、信憑性は薄い。あくまでも、物語や小説の中の話だという論が主流となっている。ただ、不比等の類い希な出世を見ると、その可能性もなくはないという、茶飲み話で語るレベルだと思っている。

そして――。

歴史上の藤原氏は、南家の武智麻呂《むちまろ》、北家の房前《ふささき》、式家の宇合《うまかい》、京家の麻呂《まろ》と繋がって行くのだが、この四兄弟は天平九年（七三七）の天然痘の大流行の際に、次々と命を落としてしまう。

更に、第四十八代・称徳《しょうとく》天皇の時代には、僧・弓削道鏡《ゆげのどうきょう》が朝廷に喰い込んでくるなど、藤原氏として何度も危機を迎え、朝廷への影響力を失いそうになりながらも何とかこらえて、平安時代には北家の血を継ぐ、良房《よしふさ》・基経《もとつね》らが、数々の権謀術数を駆使して政敵を排除してゆき、数代後の道長《みちなが》の代で、ついに藤原摂関政治の最盛期を迎えることになるのだ。

この長い歴史の中で、鎌足・不比等を調べれば良いだけだから、分量的には膨大ではないにしても、藤原氏の創成期となれば当然、中身は相当濃くなる。

そういえば――。

今回の研究調査の範囲からは少し逸脱するが、今の「良房・基経」の名前で思い出した。

民俗学研究室助教授・小余綾俊輔との会話だ。

熊谷教授は俊輔を酷く毛嫌いしているので、公には余り親しくしていないのだが、いつも面白い持説を聞かせてくれるし、学問はお互いの垣根を取り払って成り立つのだという持論と共に、誠也は個人的に尊敬していた。

そこで（熊谷には内緒で）二人で食事をしつつ、色々な意見を交換することもあった。

そんなある日の雑談の中で、誠也が藤原氏が余り得意ではないという話題になった時だった。

「しかし、日本史を語る上で藤原氏は避けて通れない」俊輔は言った。「歴史的にも、文学的にも、民俗学的にもね」

「文学的にもですか？」

「もちろんそうだよ。それらの知識を全て同時に投入しないと、たとえば藤原氏に関連して詠まれた、小野小町《おののこまち》や在原業平《ありわらのなりひら》の歌の本質が分からないじゃないか」

「小町や業平が？」

「実際のところ『古今和歌集』には、良房・基経に追い落とされた業平が、彼らを呪詛する歌が何首も載っている」

「呪詛って……。そんな話は、聞いたことがありませんよ」

「そうだろうね。こんな話をすると、また熊谷教授に叱られてしまうが」俊輔は誠也を見て苦笑した。「たとえば、

　世の中にたえて桜のなかりせば
　　春の心はのどけからまし

などというのも、よく命を取られなかったなというレベルの、強烈な呪詛の歌だ」

は？　誠也は呆気に取られながら尋ねる。

「その歌の、どこが呪詛なんですか？」

「世間一般では、そう思われていないようだがね。これは以前に知人の男性から聞いて、確かに

その通りだと思った。だから正確に言えば、あくまでも彼の説だが」

俊輔は楽しそうに続ける。

「しかし、ぼくも非常に納得できた。これは明らかな暗号歌だ。それを我々は、上っ面を読んだだけで満足している」

「暗号歌……」

「そもそも彼ら貴族たちにとっての『世の中』というのは、今で言う『世間』のことではない。いわゆる自分たちの周囲の空間・社会であり、それがもっと極端に狭くなれば『男女の間』を指していることは知っているだろう」

もちろん知っている。

当時の貴族たちには、現在の「世の中」というグローバルな視点は、殆ど存在していなかった。彼らの言う「世の中」は、あくまでも貴族たちの中での「男女の間」や「この世」という意味合いが強かったのは事実だ。

「ゆえに」俊輔は続けた。「我々、一般庶民の暮らしている世界などは、彼ら貴族たちからしてみれば『世の外』だ。だから、そこにある桜が咲こうが散ろうが、彼らにとってみれば何の興味もない。実際に当時、平安京南端の羅城門《らじょうもん》の辺りには、無数の死体が放置されていたという状況だったにもかかわらず、それを気に留める貴族など一人もいなかったようにね」

「確かに……」

「この歌のように、文学的観点だけで読んでも、業平の本意は分からない。かといって、その辺りの事実を一番良く知っている歴史学者たちは、歌を掘り下げて探究しない。その結果、真実は闇の中というわけだ」

「……では、この歌の真意は？」

真剣な表情で身を乗り出す誠也を見て、俊輔は笑う。

「せっかくの機会だ。自分で少し考えてみたら良いよ。藤原氏に繋がってゆく話でもあるし」

「はい……」

誠也は大きく頷いた。

俊輔の研究室教授の水野史比古も、きっと同じことを言っただろう。素敵な機会なのだから自分の頭で考えてみなさい、と。

さすが師弟だ。


しかし。

その問いかけの答えは、未だに判明していなかった。

だが、彼ら良房や基経は、今の研究の範疇から外れる。その点は機会があれば、また改めて俊輔に尋ねてみることにしよう。

そう思って、目の前の資料に集中しようと試みたのだが——。

内容が、どうも上手く頭の中に入ってこない。整理整頓が上手くなされない。やはり、余り興味の湧かない時代であるために、頭の中の分類体系の中に措定《そてい》されないのだ。

また、実際に足を運んでいないせいもある。

考えてみれば、奈良は友人たちとのお遊び旅行や、学会のお供などで訪ねたことがある程度で、研究のために行ったことはなかった。やはり、現地の土を踏んでいるのといないのとでは、そこに横たわる歴史を考える上で雲泥の差がある。

となると。

〝実際に、行ってみるしかないか……〟

誠也は覚悟を決めて手帳を開き、スケジュールを確認する。

すると今月は、明日明後日の土日しか空いていなかった。九月後半から十月は、研究室の予定がびっしりと入っていて身動きが取れない。

〝よし！〟

誠也は決断をする。

高校時代に所属していたサークルは「史跡巡り研究会」。こういう時のフットワークは軽い。といっても、これはあくまでも表面上を取り繕った名称で、実体は単なる電車や旅行好きの集まり。だから、しょっちゅう色々な場所へ——殆ど行き当たりばったりのようにして——出かけていた。

そんな経験が、ここにきて役立つ。

幸い土日なので、どこかビジネスホテルに部屋を取れれば、一泊二日で行かれる。仕事だし、単身だから、何の贅沢も必要ない。極端な話、京都や奈良や大阪に一泊ならば、今晩からでも出発できる。

〝明日、出発しよう〟

誠也は決心すると、旅程を組み始めた。

＊

橙子は、春日大社の資料を一旦書架に戻すと、今度は采女について調べ始める。こちらはさすがに大社ほどではなかったが、橙子の予想していた以上にさまざまな文献が見つかった。

まずは「采女」の語源からだ。

しかしこれは諸説あって、はっきりしていないらしい。

「『氏之女《うじのめ》』がつづまってウネメとなった」という、賀茂真淵《かものまぶち》説。

「項《うなじ》に領巾《ひれ》をかけるところから、ウナゲベがもとの呼び方で、嬰部《うなげべ》からきた」という、本居宣長《もとおりのりなが》説。

「内（ウ）で神職にあるものを意味するもの（ネ）」からきたとする、折口信夫《おりくちしのぶ》説。

などなど……。

しかし、日本古代史家の門脇禎二《かどわきていじ》によれば、

「『采女』と書くのは、もちろん中国の史書にみえる采女とか婇女の表現から後にあてるようになったもので、ウネメの音はもちろん日本の古語のように思う」

となる。ちなみに、中国の「采女」は、漢代の女官名だそうだ。

そんな采女は、天皇の勅命によって召集されたとされているものの、同じく門脇によると、

「六四六年正月の詔、いわゆる大化改新の詔には、

『凡そ采女は郡少領《こおりしょうりょう》以上の姉妹及び子女の形容端正なるものを貢げ。従丁は一人、従女は二人。一百戸を以て采女一人之粮《ろう》に充てよ。庸布・庸米は、皆仕丁《つかえのよぼろ》に准ぜよ』

とあるのだが、この詔が本物で信用できるのかというと、どうも怪しい。後の世に『書紀』の編者によって創作された可能性もある。（当時は「郡」ではなく「評《こおり》」の文字を使っていたことが判明している）」


のだという。

しかし、この「采女」の献上が天皇の勅命だったのかどうかは別として、実際に地元豪族からの「貢ぎ物」として差し出されていたことは間違いない。そして采女は実際に「形容端正」だったため、こんな話が残っている。

大化改新（乙巳《いっし》の変）、最大の功臣である藤原氏の始祖・鎌足だ。

当時、天智天皇には「安見児《やすみこ》」と呼ばれる、非常に有名な采女がいた。その采女と鎌足が、恋に落ちてしまったというのである。当然、采女はあくまでも天皇に仕える身なので、通常であればこんなことが露見した時点で、二人とも死刑に処されるはず。

ところが、この場合に限って天智は二人を赦し、何と鎌足にその采女――安見児を下賜したのだという。

そこで鎌足は歓喜して、

「内大臣藤原卿の采女安見児《やすみこ》を娶《ま》きし時に作れる歌一首

われはもや安見児得たり皆人の
得《え》難《かて》にすといふ安見児得たり

（『万葉集』巻二）」

と、その喜びを歌にして表した。もちろん、この詞章の「内大臣藤原卿」という名称は、鎌足の死の前日に与えられたものだから、リアルタイムではない。故に後世、遡って記されたのだろうと推測されている。

とにかく――。

鎌足は本当に喜んだようだ。

当時彼には、鏡女王《かがみのひめみこ》という正妻がいたのだから、どうかと思うけれど……とにかく鎌足は大喜びした。ただ、これに関しては先の門脇も、

「この歌はその表現性から、ただ作者の真率な人間力とか明澄な人間性とかという面の鑑賞では終わらせにくいように思う。（中略）まさに采女を与えられた喜びの大きさをもって謝意の深さを表わしていたのではないか」

と書いている。そして更に、

「采女じしんが、そういう表現の素材として利用されうる立場におかれ、そういう歴史的性格、つまり天皇にかかわる尊貴な存在としての意味が強くつけ加えられてゆく過程の一つを示している歌のように思う」

と述べている。

真相は窺い知るしかないが、とにかく鎌足は天智の下したこの「例外的措置」に、欣喜雀躍したことに間違いない。そして、本当に相思相愛であったなら采女も喜んで、めでたしめでたしの大団円。

一方――。

その正反対の悲劇が、猿沢池の采女だ。

橙子は、昨日から読みたかった『大和物語』のページをめくる。

すると「百五十段　猿沢の池」とあった。橙子は食い入るように文字を追う。

「むかし、ならの帝《みかど》に仕《つこ》うまつるうねべありけり。顔かたちいみじう清《きよ》らにて、人々よばひ、殿《てん》上人《じょうびと》などもよばひけれど、あはざりけり。（中略）帝召してけり。さてのち、またも召さざりければ、かぎりなく心憂《こころう》しと、思ひけり。夜昼《よるひる》、心にかかりておぼえたまひつつ、恋しう、わびしうおぼえたまひけり。（中略）なほ世に経《ふ》まじき心地しければ、夜、みそかにいでて、猿沢の池に身を投げてけり。かく投げつとも、帝はえしろしめさざりけるを、ことのついでありて、人の奏しければ、聞《きこ》しめしてけり。いといたうあはれがりたまひて、池のほとりにおほみゆきしたまひて、人々に歌よませたまふ。かきのもとの人麻呂、

わぎもこがねくたれ髪を猿沢の池の玉藻《たまも》と見るぞかなしき

とよめる時に、帝、

猿沢の池もつらしなわぎもこが玉藻かづかば水ぞひなまし

とよみたまひけり。さて、この池に墓《はか》せさせたまひてなむ、かへらせおはしましけるとなむ」


内容は、殆ど伝承の通りだ。

奈良の帝に仕えていた采女が、一度、帝に召されたのに、それ以降お召しがかからず、それを悲しんで猿沢池に身を投げてしまった。それを悲しんだ帝は、池まで御幸されて――云々。

また、この話は能にもあったではないか。曲目も、そのまま「采女」で、二時間近い大曲だ。

能にまでなっているのに「采女」を知らなかったとは……。

橙子は忸怩たる思いを胸に、今度は謡本に視線を落とす。

作者は不詳。分類は「井筒」などと同じ三番目物。つまり、美女や草木の精が主人公となって語りかけてくるという能だ。

内容は、季節の設定こそ異なっているけれど、采女伝説そのままだった。旅の僧の一行が南都――奈良・猿沢池を訪れると、一人の女が現れ、昔、帝の寵愛が薄れたことを嘆いた采女が、ここで入水したという故事を語り、やがて自分こそがその采女の霊であると告げて消える。驚いた僧たちが采女を弔っていると、池の底から霊が現れ、感謝の舞を舞い、御代を言祝ぐ。

詞章にも、

「采女の花衣《はなごろも》の。うら紫の心を砕き」

と「うら紫」に「恨む」をかけ、その心が砕けて自分も幸せになった――とある。

ただ、

「過去の悲劇物語をも、現世の庶民の要求や憧憬に合致させるように意味づけしなおされているのではないか」

という意見もある。

それも、もっともだし可能性も低くはない。「ノンフィクション」という概念などなかった時代の「物語」だから、少しずつ変化しながら、現在の状況ができ上がっているのも事実だと思う。

実際に、国文学者の高橋正治《たかはししょうじ》などは、実際の時代考証として、

「あとに柿本人麻呂との贈答があるので、時代的に奈良朝のある天皇ということか。人麻呂は生没が明らかでなく、最後の歌は文武四年（七〇〇）であり、平城遷都前に没したとも、以後しば

らく生存していたともいわれる。この話は、奈良時代初期ということになろうか」

と書いている。そして、

「しかし、伝承の途中でさまざま虚実がからみあってできあがった話であり、平安時代よりもっと古い時代の天皇と采女の物語として受け取ればよいのであろう」

と書き足していた。

ここで高橋は「平安時代よりもっと古い時代」と言うが、もちろん猿沢池は、興福寺による放生会のために造成された人造池で、造られた年代も天平勝宝《てんぴょうしょうほう》元年（七四九）と判明している。聖武《しょうむ》天皇が、平城京から恭仁《くに》京、難波《なにわ》京、紫香楽《しがらき》宮と、何故か何度も遷都を繰り返し、再び平城京へと戻られてから四年後のことだ。

つまり、采女がこの池に入水したのはこれ以降、そして天皇が桓武《かんむ》に移り、長岡京に遷都される延暦《えんりゃく》三年（七八四）までの間に起こった事件と考えて良いだろう。

たとえば、歌舞伎に『妹背山女庭訓《いもせやまおんなていきん》』という演目がある。ここにも猿沢池が登場していたことを思い出したのだが——というより、頭のどこかにこの記憶があったから、昨日は無意識のうちに采女・猿沢池に惹かれたのかも知れない——この時代設定は、天智天皇の時代になっていて、蘇我入鹿《そがのいるか》や藤原鎌足、そして不比等までもが登場してくる。

もっとも、歌舞伎の設定は『仮名手本《かなでほん》忠臣蔵』を例に挙げるまでもなく、さまざまな差し障りを防ぐために、わざと他の時代に置き換えて創られることが多い。

でも――。

橙子は眉をひそめる。

ここまでは良い。

もっと言ってしまえば、時代考証に関しては（昨日も思ったように）「花扇奉納行列」の中に、平安貴族や鎌倉の白拍子がいても良いし、稚児たちが大勢歩いていても構わない。「ミス奈良」や「ミスうねめ」の襷をかけた女性たちが微笑みながら参加していても気にならなかった。

それでも橙子は、しっくりこなかった。

何かが違う。

根本的な違和感を払拭できないのだ。

しかもその違和感の正体は、昨日観た光景の中にあることも分かっている。

〝それは、何？〟

もう一度、奈良へ行こうか。

いつ？　できるだけ近いうちに。

こういったことは、早いに越したことはないが、どうする――。

橙子は頭を振ると、八つ当たりするように資料本を閉じた。

＊

図書館からの帰り道。

橙子がふと目をやれば、キャンパスを横切り正門へ向かって足早に歩いて行く一人の男性の姿があった。

知っている男性の顔――歴史学研究室の堀越誠也だ。

誠也は橙子よりも五歳ほど年上なので、大学で一緒に学んだことはない。数年前に開催された大学関係のパーティー――「ホームカミングデイ」と銘打った、大学草創の頃の大先輩から卒業したばかりの若者まで集まるという大規模な同窓会で、日本史専攻の友人を介して知り合った。

その場で友人を交えて話をしているうちに、水野研究室や小余綾俊輔たちの話題になり、こうして社会に出てみても未だにあそこは変わった研究室だと思う、などという話になった。

そこで橙子が、水野や俊輔の話がとても興味深かったなどと口にすると、

「これは内緒なんだけれど」

と、誠也は周りを見回しながら、俊輔を尊敬していると言った。

しかし、俊輔を余り快く思っていない――というより、露骨に喧嘩している――熊谷教授の下にいるので、そんなことは決して公には言えないんだ、と。

そんな話題で意気投合して、その後はずっと水野や俊輔たちの少々変わった説などについて会話して盛り上がり、その後も友人と一緒に何度か会ったりしていたが、最近はお互いに忙しくな

り、全く交流がなくなっていた。

「堀越さん！」橙子は駆け寄りながら声をかける。「お久しぶりです」

その声に振り返った誠也は、橙子の顔を見て驚く。

「加藤くんじゃないか。どうしたんだ、今日は？」

「はい」

と答えて橙子は、母校の図書館に資料探しにやって来たことを告げる。本当は、俊輔を訪ねたかったのだけれど、あいにくと今日はお休みで――。

「月曜までは、いらっしゃらないようだ」誠也も残念そうな表情で頷く。「ぼくも、ご相談したいことがあったから、さっき携帯に電話してみたけれど、案の定、出られなかった」

苦笑いする誠也の顔を見て、橙子はふと思う。

歴史学研究室の誠也ならば、橙子が気になっている「壬申の乱」に関しても詳しいだろう。少なくとも、橙子や一般の人たちよりは面白い情報を持っているに違いない。それに、ここで偶然出会ったのも何かの「縁」。

そこで、

「あの……もしもお時間があれば、ちょっとお尋ねしたいことがあるんですけれど」

「久しぶりだから、どこかで食事でもしながら話を――と言いたいところなんだけど」誠也は時計を見る。「明日から調査に出かけるんだ。だから余り時間がないが、お茶くらいならばつき合うよ」

「そうですか……」

あくまでも個人的な問題で、わざわざ時間を作ってもらうのも申し訳ないと思った橙子は、

「じゃあ、ほんの数分だけつき合ってください。学内で結構ですから」

と言って学食に向かい、コーヒーを買うとガーデンテーブルを挟み、向かい合って腰を下ろす。

「ご無沙汰してます」と改めて挨拶すると、尋ねた。「それで、明日はどちらへ？」

ああ、と誠也はコーヒーを一口飲んで答えた。

「奈良なんだ。突然なんだけど」

「奈良！」

「それほど遠くないし、一泊の予定だから特に支度もない。資料だけ抱えて行って来る」

誠也は笑ったが、自分をじっと見つめている橙子の真剣な視線に、

「ど、どうしたんだよ」ドギマギして言った。「奈良が何か――」

私、と橙子は答えた。

「昨日、奈良に行って来たばかりなんです」

「旅行？」

「いいえ」橙子は首を横に振った。「仕事の後の個人的な趣味で。それで堀越さんは、研究室関係のお仕事ですか？」

「今、藤原氏に関して調べていてね。明日明後日と、彼らに関する史跡を見てまわろうと思ってる。急だったけど、さっき予定を立てて、ビジネスホテルを予約したばかり」

「ちなみに、どこをまわられるんですか？」

何故か喰いついてくる橙子を見て、

「ああ」誠也は不審顔で答える。「まず、藤原（中臣）鎌足の墓所ともいわれる多武峰《とうのみね》の談山《たんざん》神社だ。世界唯一の木造十三重塔が有名だね。ここで、中大兄皇子《なかのおおえ》——天智天皇と鎌足が、大化改新（乙巳の変）、つまり蘇我入鹿暗殺の計画を練った。鎌足はそれ以降も数々の功績が認められて、死の前日に冠位の最上位の『大織冠《たいしょっかん》』を授けられて『藤原』の姓を賜った。その始まりとも言える場所だからね」

誠也はコーヒーを一口飲む。

「次はやはり、藤原氏の氏寺の興福寺だ。南都七大寺の一宇で、藤原氏のバックアップによって隆盛を極めた。今は、阿修羅《あしゅら》像が有名だけれど、その他にも文化財が数多く現存している」

すると、橙子が尋ねた。

「藤原氏の氏神を祀る、春日大社は？」

「もちろん行くつもりだよ、興福寺とセットでね。すぐ隣だし。ただ今回、大社はメインではないけど、折角近くまで足を運ぶんだし、やはり押さえておかないとね」

その言葉に橙子は、俯き加減のまま口を閉ざして考え込んだ。

「……どうした？」

尋ねる誠也を上目遣いに見て、

「私」橙子は口を開く。「以前に小余綾先生から、こんなことを言われたんです。『春日大社は、本当に藤原氏を祀るためだけの神社なんだろうか？』

——って」

「何だって」誠也は真顔で問いかける。「小余綾先生が？」

「はい」

「どういうことなんだ」

誠也の言葉に、橙子は首を横に振った。

「分かりません。だから私も、それは千年も前からの常識なんじゃないですかって答えたんですけど先生は、

『あの大社が藤原氏を祀っていることは間違いない。しかし、それだけだろうか？　言い方を変えれば、藤原氏が春日大社の本質かな？』

とおっしゃって」

「し、しかし――」

と言いかけて、今度は誠也が口を閉ざした。

今まで何度も、水野や俊輔によって、日本史の常識と思われていた話が、単なる思い込み、あるいは時の権力者によって都合良く歪められていたことを勉強させられた。

もちろんそれらは、熊谷たち専門家に言わせれば、単なる「妄想」にすぎないということになるのだが……。誠也個人としては、俊輔たちの説にも一理あるのではないかと、心の底で認めている。

だが、今回ばかりは。

「さすがにそれは、ないだろう……」

「私も」橙子は頷く。「そう思っています。でも、小余綾先生の言葉ですから、冗談とは思えなくて」

「それはそうだ」誠也は溜息と共に同意する。「あの先生が、そんなつまらないジョークを口にするはずはない」

ということは、俊輔は真剣にそう思っているわけだ。

やはり今回、俊輔と連絡が取れなかったことは痛い。藤原氏を追って奈良に行くという話を伝えれば、きっと何かアドバイスをくれたはず。

腕を組んで唸る誠也に向かって、

「あの……」橙子が遠慮がちに言う。「お願いがあるんです」

「何？」

「明日、半日――いえ、二、三時間で結構なので、お時間をいただけませんか？」

「だから」誠也は苦笑した。「ぼくは、奈良に行くから――」

「実は私も」橙子は言った。「奈良に行くので」

「何だって？」

「春日大社に行く予定なんです。昨日は、殆どまわれなかったし、下調べも充分ではなかったので、明日は改めてしっかりまわろうと思って」

「それで、さっきから色々と質問してきたのか」

「はい。すみません」

「い、いや、それは良いけれど――」

「これって、何かの『縁』じゃないですか？」橙子は明るく笑う。「そういう『縁』は大切にしなさいって小余綾先生も、良くおっしゃっていましたし」

「い、いや、しかし、ぼくの予定は――」

「私は日帰りで行くつもりなんです。ですから、春日大社と興福寺だけまわれれば構いません。その後、勝手に帰ります。堀越さんの邪魔をするつもりは全くありませんけど、それでも無理ならば――」

「そ、そんなこともないけれど」

「では、ぜひお願いします！」

橙子は誠也に向かって、深々と頭を下げた。

そこまで言われては断る理由もない。

そこで誠也が、

「あ、ああ。分かった。構わないよ」

と答えると、橙子は顔を上げて誠也を見た。

「あと、できればもう一つお願いが」

「な、何だい」

「壬申の乱について知りたいんです」

「壬申の乱？　それがどうして春日大社と関係してくるんだ」

いいえ、と橙子は真面目な顔で答える。

「今までの話とは、全く関係ないかも知れません。でも、詳しく知りたいんです。もちろん私なりに少し勉強したんですけど、やはり専門分野の方にお話を聞いた方が良いと思って」

「まあ、藤原氏繋がりで全く無関係というわけではないからね……。ただ、今ぼくが調べようと思っているテーマとは――」

「そこを何とか」

手を合わせて拝む橙子を見て、

「分かったよ」誠也は諦めたように苦笑いしながら頷いた。一度言い出したら、なかなか後には引かない橙子の性格を知っている。「ぼくが知っているあたりだけで良ければ」

「ありがとうございます！」

橙子は目をキラキラと輝かせ、二人は明日の予定の打ち合わせを始めた。

《九月十三日（土）赤口　立待月《たちまち》》

別《わ》きて采女の花衣《はなごろも》の。

うら紫《むらさき》の心を砕き。


橙子は誠也と共に、朝の新幹線で東京を発った。

誠也は、奈良・橿原《かしはら》神宮前のビジネスホテルを予約して一泊。橙子は日帰りの予定。

「おはようございます。今日はよろしくお願いします」橙子は改めてお礼を述べる。「無理を聞いていただき、ありがとうございました」

明るく挨拶する橙子に、誠也はまだ眠そうな顔で「ああ」と応えた。昨夜は遅くまで、資料に目を通していたらしい。

「いや」と誠也は笑った。「今回の調査は教授の指示だったけど、余り乗り気じゃなかったんだ。でも、道連れができて嬉しいよ」

「いえ。そんな気を遣っていただかなくても――」

橙子は気を回したが、それは誠也の本音だったようだ。

「昨夜、念のために小余綾《こゆるぎ》先生の携帯に電話してみたんだが、予想通り繋がらなかった」誠也は苦笑する。「あの先生は、休みの日には携帯に触らないらしいから」

「残念です……」橙子はコーヒーを片手に言う。「でも、仕方ありません。私も頑張ります」

「しかし」誠也はシートを少し倒し、コーヒーを一口飲むと橙子を見た。「きみも実に熱心だね。奈良に日帰りなんて」

「片道二時間半ですから、それほど大変でもありません。昔仕事で、広島まで日帰りしたこともあります。片道四時間」

「往復の新幹線の中だけで八時間か……それは凄い」誠也は呆れたように笑った。「でも、どうして今回は春日大社に？」

そこで橙子は、一昨日の三郷美波との会話を伝える。その後、古都の中秋の名月を観るために奈良に行き――。

「堀越さんは、采女祭をご存知ですか？」

「聞いたことがあるような、ないような……」

「私はそれまで全く知らなかったんですけれど、奈良市ではかなり有名で大きなお祭でした。それと、福島県郡山市でも」

「郡山？」

ええ、と橙子は頷く。

「郡山市でも、毎年『うねめまつり』が盛大に開催されていて、それだけじゃなくって、奈良の『采女祭』にも郡山の人たちが必ず参加しているようなんです」

「姉妹都市にでもなっているのかな」

「その通りです」橙子は手元のメモを、パラパラとめくった。「しかもその理由が、同じような采女伝説が奈良と郡山に伝わっているというので」

「同じような？」

「郡山は微妙に違う伝説なんですけど……。でも、その『采女』繋がりで、昭和四十六年（一九七一）に姉妹都市になったそうです。それ以来、お互いの『采女祭』には、訪問団を派遣して参加し合っている」

「それもまた大変な話だな。もう、三十年以上か」

「つまり、この祭はそれほど重要で大きなお祭みたいです」

と言って橙子は、奈良の采女祭に関して詳しく伝えた。

秋の七草で飾られた大きな花扇車を曳いて、大勢の人々が奈良の中心街を練り歩く「花扇奉納行列」。采女神社で、春日大社宮司が祝詞を上げる「花扇奉納神事」。

最後は、中秋の名月の下、猿沢池に龍頭鷁首《りゅうとうげきしゅ》の管絃船を浮かべ、雅楽が演奏される中、池に花扇を投じる「管絃船の儀」――。

「それは」誠也は驚いたように応えた。「想像以上に盛大な祭だね。つまり、その一連の行事を神事として捉えた時にという意味だが」

「しかも、采女神社なんですけど――」

橙子は身を乗り出して説明する。

入水した采女を哀れに感じた帝が、猿沢池の畔に一間社の神社を建立したが、自分が命を落とした池など見ることができないと言って、その社は一夜のうちに池に背を向けてしまった……。

「なるほど」誠也は頷く。「今のきみの話から想像するに、それほどまでに采女の怨念が強かった、誰もが非常に恐れた、ということだろうな」

誠也に相談して良かったと橙子は思った。通常の歴史研究者であれば、そんな発想は起きない。怨霊の存在を、積極的には認めないだろうから。

「それで」誠也は続けて問いかけてきた。「肝心の、その帝というのは誰のことなんだろうか」

それが、と橙子は一転して顔を曇らせ、シートに寄りかかった。

「猿沢池は興福寺が造った人造池なので、造成された年代は判明しています。でも、まだ『帝』が特定できていないんです」

「造成は、いつ？」

「天平勝宝元年（七四九）だそうです……」

「ということは」誠也は少し考えて、ゆっくりと口を開いた。「孝謙《こうけん》天皇の時代か。もちろん、まだ聖武天皇もご存命だったはずだ。というよりその事件は、奈良朝から平安朝——もっと正確に言えば、延暦三年（七八四）に長岡京に遷るまでの、桓武天皇までの間の出来事だろう。その間の天皇を調べれば良い話じゃないか」

そう言って誠也は指を折る。

「聖武、孝謙、淳仁《じゅんにん》、称徳、光仁《こうにん》の、たった五代。しかも孝謙と称徳は、女性天皇が重祚《ちょうそ》——同じ天皇が再び位に就いているわけだから、リストから外せる。となると、聖武・淳仁・光仁の三代だ」

誠也は微笑みながら続けた。

「だが、光仁は現在までの最高齢即位だった。何しろ、当時六十二歳だったといわれてる」

「六十二歳！」

「これもまた藤原氏——百川《ももかわ》の暗躍によってね。ここで詳しい話は省くけれど、とにかく藤原氏が皇統を自分たちの近くに持って来ようとしたんだ。そのために、天智天皇第七皇子・志貴《しき》皇子の、第六皇子という、またとんでもなく遠くから引っぱってきた。だから、おそらく今回の『采女』事件とは関係ない。となるとその『帝』は、おそらく聖武、淳仁のどちらかだったんじゃないかな」

あっという間にここまで絞れた。

心の中で頷く橙子に、誠也は続けた。

「ちなみに、聖武も淳仁も、時代に翻弄された不幸な天皇だったんだ。まあ、今は余り関係がないだろうから、ごくごく簡単に言ってしまうと、聖武の場合は母が藤原不比等の娘・宮子《みやこ》で、皇后はやはり不比等の娘・光明子《こうみょうし》——光明皇后という、完全に藤原氏に包囲されている環境だった。しかも、第一皇子・基王《もとい》と、第二王子・安積《あさか》親王を若くして亡くしている。しかも、安積親王に関しては、藤原仲麻呂《なかまろ》による毒殺ではないかといわれているしね」

「毒殺って……なぜですか？」

「安積親王は、藤原氏の血を引いていなかったからだよ。だから、次の天皇は藤原氏の血を引く孝謙になった」

「それは……」

「藤原氏の血を引いていない淳仁も悲惨で、こちらは仲麻呂による反乱に巻き込まれて淡路に流され、配所からの逃亡を企てたが捕まってしまい、すぐに崩じられた。この辺りもとても怪しい話なんだが、その結果『淡路廃帝』と称されるようになった」

「確かに悲惨ですね……」

とにかく、と誠也は言う。

「このどちらかの天皇の時代だったんじゃないかな」

「でも」と橙子は顔を曇らせて訴えた。「その帝は、天智天皇だったと書いてある書物もあるようなんです」

「それは？」

「ええと……」

橙子は資料ノートを引っ張り出す。昨日の『妹背山女庭訓』に関連して、家に帰ってから調べた部分だ。

「毘沙門堂本《びしゃもんどう》『古今集註』——」

「当時の発音まで分かるといわれてる本か。そこに何と？」

「その采女は『天智天皇ヲ怨《うらみ》タテマツリテ』猿沢池に身を投げたと載っているそうなんです。また、天智天皇の時代に猿沢池に身を投げた采女を題材にしている歌舞伎の演目もあります」

しかし、と誠也は腕を組んだ。

「いくら、天智天皇云々とあったとしても、肝心の猿沢池がまだ造成されていなかったんじゃ、話にならないよ。どこかで情報が錯綜してしまったんじゃないか？」

「そうは思うんですけれど……」

この部分にも、橙子は何か引っかかるものを感じている。

しかし――。

やはり誠也の言う通り、天智の頃には猿沢池どころか、平城京すら影も形もなかったのだから、きっとそういうことなんだろう……。

眉根を寄せながら考え込む橙子に、誠也は尋ねる。

「それで。加藤くんは、どうしてもう一度奈良へ？」

「采女について調べているうちに、何か色々と気になる点が出てきて、もやもやして眠れないくらいなんです」

「どこが……と訊いても、きっとそれ自体すらも判明しないんだろうね」

「ええ」橙子は軽く嘆息しながら首肯した。「こうしてずっと見てきた中で、何かがおかしいって誰かが頭の中で囁いているんですけど、それが具体的に何なのか、全く分からなくて。それで、どうしようもなくなって、もう一度奈良へ行ってみようと……。それに前回は、小余綾先生もおっしゃっていた春日大社をまわれなかったので――。あと、これは仕事関係の話なんですけど、折角堀越さんとご一緒させていただけるなら、壬申の乱に関してもお話を伺いたいと思って」

「そう言われたから、改めて壬申の乱に関して調べ直してみたんだけれど……」

と呟いて、誠也はハッと目を開いた。

「ちょっと待てよ。今きみが言った『采女』と『天智天皇』という二つのキーワードで、思い出したことがある」

「えっ。じゃあ、もしかして本当に天智天皇の采女が――」

いや、と誠也は首を横に振る。

「それはさすがに時代が違いすぎる。百年近くのタイムラグがあるし、何度も言うように、そもそも猿沢池が存在しない」

「では何が？」

「壬申の乱そのものだよ」

「えっ」

「この乱に関して、多少は知っているね」

コクリ、と自信なさげに頷いて、橙子は答えた。

飛鳥時代、天智天皇が崩御後に勃発した、天智天皇皇子・大友と、天智の弟・大海人皇子による、皇位継承をめぐって勃発した日本古代最大ともいわれる内乱であり、天下分け目のこの戦いで勝利を収めた大海人皇子は、後に即位して天武天皇となった――。

「その通りなんだが、この乱に関しては、いくつか謎があるんだ」

「それは？」

「中でも一番大きなものは、何故大海人皇子が、あっさりと勝利を収めたのかという点だ。この辺りに関しても、後で詳しく説明してあげるけどね」

「……何故ですか？」

「簡単に言うと、一つには大友皇子の母親――出自にあったという説が有力なんだ」

「というと？」

「大友皇子は、天智天皇と伊賀采女《いがのうねめ》宅子《やかこ》との間に生まれた皇子だった。つまり、母親の身分が低かったため、天皇になれなかったのだろう、とね」

「采女ですか！」

ああ、と誠也は大きく頷いた。

「だからこそ、大海人皇子に攻め滅ぼされてしまったんだろうといわれてる。現在でこそ大友皇子は、第三十九代・弘文《こうぶん》天皇という諡号《しごう》を戴いているけれどね」

「そうだったんですね……」

「また、きみのおかげで思い出したけれど」誠也はつけ加える。「『天智』『采女』といえば、それこそ藤原鎌足にも采女のエピソードがあった気がする——」

「安見児《やすみこ》です！」

「ああ、そうだった」

「はい」

と言って、今度は橙子が誠也に向かって——ノートを見ながら——説明した。

天智天皇には「安見児」と呼ばれる、非常に有名な采女がいた。その采女と鎌足が、恋に落ちてしまったが、采女はあくまでも天皇に仕える身なので、通常であれば二人とも死刑に処されるはず。しかし天智は二人を赦したばかりか、鎌足にその采女——安見児を下賜した。そこで鎌足は歓喜して、その喜びを歌にして表した。そのため、

「まさに采女を与えられた喜びの大きさをもって謝意の深さを表わしていたのではないか」

と、門脇禎二は書いている……。

「そうそう、それだ」誠也は嬉しそうに相槌を打つ。「鎌足は、自分だけが例外——特別扱いなんだということを、周囲に吹聴したわけだね。しかも、そこにはまるで相思相愛の恋が実ったかのように書かれているが、当の采女の本心はどうだったのか分からない。果たして鎌足同様に、喜んだのかどうか」

「そう……ですね」橙子も頷く。「まさか『悲しんだ』とは書き残せないでしょうし……」

彼女たちに関しては、一方的な情報のみしか残されていない。

それは当然で、彼女たちが仕えていたのは「天皇」なのだから。もし何かあったとしても、朝廷に関してマイナスイメージになるような、ネガティヴな話が残されるはずもない。

猿沢池の采女を例外にして。

橙子は、ふと思う。

大友皇子の母親だったという、伊賀采女。

天智の子である大友皇子を産み育てたにもかかわらず、天智の弟の大海人皇子と戦火を交える姿を見させられた。

一体、どんな心境でその乱を見守っていたのか……。

シートに背中を預けて、軽く目を閉じている誠也の横で、橙子は何とも言えない気持ちになって資料に目を通していた。

＊

新幹線は、定刻に京都に到着し、二人は近鉄奈良線に乗り換える。

今回は、こちらの特急の時間に合わせて新幹線を選んだので、余分な待ち時間もなく、すぐに入線してきた特急に、スムーズに乗り込む。

指定席のシートに腰を落ち着けると、橙子は早速、壬申の乱について尋ねた。先日は仕事で調べたが、今回は違う。采女繋がりで興味津々。

橙子に急かされて、

「じゃあ、奈良に到着するまでの間で」

と言って誠也は、特急が京都駅を離れるや否や口を開いた。

「概要は、先ほどきみが言った通りだ。天武天皇元年、あるいは弘文天皇二年の西暦六七二年が、干支で言う壬申《みずのえさる》だったことから『壬申の乱』と呼ばれてる。そして『書紀』に関して言えば、全三十巻のうちの、ほぼ一巻を費やしてこの乱について書いているほどだ。それについて、歴史学者の直木《なおき》孝次郎《こうじろう》は、

『「書紀」の記載はかなり信頼してよいと思われる。ただし、編者舎人《とねり》親王は大海人皇子の子であり、時の天皇元正は大海人の孫であるという関係からいって、大海人に不利な史料が採用されていないことは十分に考えられる』

と書いている」

「やはり、それほどまでに歴史上重要な戦いだったと」

「そういうことだね。次の天皇の座を争う戦いだったんだからね。当初、天智は大海人皇子を皇太子に決めていたという話もあるが、何とも言えない。後世、勝者だった天武側の人間が創作した話の可能性も大いにある。むしろ天智は、自分の子供である大友を、次期天皇にと考えていたようでもあるし」

「確かにそちらの方が自然ですね。弟よりも子供をと」

「いや……実は、理由があるんだ」

「それは？」

「順番に行こう」と言って誠也は話を戻す。「そこで『采女』なんだけど、直木も、

『大友の母は伊賀の豪族の貢上した采女である。地方での地位は低くないが、大和朝廷の主脳部を構成する畿内地方の有力氏族や、天皇の一族にくらべると、はるかに低い身分である。このような階層（地方豪族層）の女性を母とする皇子が皇位についた例は、皇室系譜の信頼性がましてくる応神以降には、ほとんど見られない』

『安閑《あんかん》・宣化《せんか》両天皇が、尾張連草香《おわりのむらじくさか》の女、目子《めのこ》媛《ひめ》を母とするのが、ほとんど唯一の例外である』

と言う」

「さっきの、大友皇子の出自」

そうだ、と頷いて誠也は続けた。

「門脇も、また同様に、

『大友皇子は、実は采女の生んだ皇子なのである。采女の名は伊賀采女宅子娘または宅子媛とい

う。彼女は伊賀国山田郡の郡司の娘で、宮廷に貢がれていた』

と書いているし、歴史学者の遠山美都男《とおやまみつお》も、

『天智のむすことはいえ、地方豪族の女子を母にもつ大友には、本来大王に擁立される資格などなかったのだということになる。

それなのに大友は大王に擁立されようとした。だから、それは王位継承に関する当時の原則・慣習を平気で無視できる人物の独断や恣意によるのではないかということになるわけである』

とまで言っている」

「本来大王に擁立される資格などなかった——なんて、酷い差別じゃないですか」

橙子は憤ったが——。

当時としては、仕方ないのか。

采女が、天皇への「貢ぎ物」と考えられていた時代なのだ。皇子といっても、その子供であるなら扱いは同じ……。

「そしてついに」誠也は、持参した『日本書紀』を開くと、ページをめくりながら続けた。「弘文元年（六七一）十月。天智は重い病に罹って倒れてしまった。そこで、病床の枕元に大海人皇子を呼んで、自分の後を託そうと告げる。しかし直前に、使者の蘇我安麻呂《そがのやすまろ》が大海人の耳に、『有意《こころしら》ひて言《のたま》へ』

——用心してお話しなさいませ、と密かに囁いていた。

その忠告で、天智の言葉は自分を陥れるための罠だと悟った大海人は、

『天下《あめのした》を挙げて、皇后《きさき》に附《よ》せたまへ』

――天智皇后である倭姫王《やまとひめのおおきみ》に即位していただき、更に大友皇子が執政するのが良いでしょうと進言した。そして自身は、その日のうちに剃髪して出家し、吉野へと下った」

「それは、謀略を仕掛けてきた天智天皇から逃れるためですね」

「もちろんそうだ」誠也は首肯する。「もしもここで天智の申し出に乗ってしまい、次期天皇の座を受けようものなら、おそらく生きて朝廷を出られなかったろう。天智は相当、疑り深い性格だったようだからね」

「そうなんですか……」

「実際に斉明《さいめい》四年（六五八）に、軽皇子、のちの孝徳《こうとく》天皇皇子である有間皇子《ありまのみこ》が、中大兄《なかのおおえ》皇子――天智の意を受けたであろうと思われる蘇我赤兄《そがのあかえ》に唆されて謀反を起こそうとした。当然、すぐに赤兄はそれを中大兄に密告し、有間皇子は捕らえられ、中大兄が斉明天皇と共に行幸中だった紀伊《きい》国――和歌山県まで護送され、そこで詰問された。

しかし皇子は毅然として、

『天《あめ》と赤兄と知らむ。吾全解《おのれもはらし》らず』

――天と赤兄だけが真相を知っている。私は何も知らない。

そう答えたために、飛鳥へ送還されることになったが、熊野古道沿いの海南《かいなん》市藤白《ふじしろ》坂で、絞首刑になってしまう。享年十九だった。そこに鎮座している藤白神社境内には有間皇子神社が建ち、今も供養に訪れる参拝者が後を絶たないらしい。

皇子がその死出の旅の際に詠んだといわれている、

磐代《いわしろ》の浜松が枝《え》を引き結び
　真幸《まさき》くあらばまた還《かえ》り見む
――磐代の浜松の枝を結び合わせて無事を祈るが、もし命あって帰路に通ることがあれば、また見られるだろうか。

家にあれば笥《け》に盛る飯《いい》を草枕
　旅にしあれば椎の葉に盛る
――家にいたなら妻の手に持つ食器に盛って食べるのに、草を枕とする旅なので、椎の葉に盛って食べることだよ。

の挽歌は有名だよね」

「はい……」学生時代に、何度か聞いたことがある。「でも、余りにも痛ましい話です」

「ちなみに、赤兄は壬申の乱で天智皇子の大友につき、戦い敗れて配流されているが、その地も亡くなった年も全く不明なんだ」

「それもまた……」

橙子は顔を曇らせたが、

「それだけじゃない」と誠也は続けた。「そもそも天智は、鎌足と共に大化改新――乙巳の変で蘇我入鹿《そがのいるか》を暗殺している。入鹿の従兄弟だった古人大兄皇子《ふるひとのおおえ》も、謀反の疑いありということで、天智に攻め亡ぼされた。更に、赤兄の兄弟で、天智に仕えて自分の娘を二人も天智に差しだした功臣・蘇我倉山田石川麻呂《そがのくらやまだのいしかわまろ》も、讒言によって天智に攻められ、自らが草創した奈良・桜井の山田《やまだ》寺で自害している。もちろんこれは、完全に冤罪だった」

物凄い殺戮史だ。

天智天皇たちの謀略によって、それほど多くの人々が命を落としているなんて……。

誠也の話に、橙子は嘆息する。

「大海人皇子の場合も、安麻呂のアドバイスがあったとはいえ、実に危うい、ギリギリの駆け引きでしたね」

「そうだね。しかし、大海人のこの素早い行動を見た朝廷の人間たちの一人が、

『虎に翼《つばさ》を着《つ》けて放《はな》てり』

——虎に翼を着けて野に放ってしまったようなものだ、と言ったという。これは漢籍に典拠のある言葉で、虎はただでさえ獰猛で強いのだから、そこに翼まで与えては危うい。虎を勢いづかせてはいけない、という警句なんだ」

「つまり、大海人皇子は地方に逃れたことを利用して、自分の力を増強させるだろうと……」

「そういうことだ。そしてついに、その年の十二月、天智は近江《おうみ》・大津《おおつ》宮で崩御する。享年四十六だった」

「その後は素直に、大友皇子——弘文天皇が即位したんですね」

「そう単純にはいかなくてね」誠也は苦笑する。「今の直木孝次郎や遠山美都男ではないが、当然反対意見も多かったんだろう。だから歴史学者たちも、明治までは大友皇子の即位を認めてい

なかった」

「つい、最近まで？」

「『書紀』の天智十年には、

『東宮太皇弟《ひつぎのみこ》奉宣《みことのり》して』

『或本《あるふみ》に云はく、大友皇子宣命《みことのり》す』


とあるものの、即位したとは全く見えない。しかし『奉宣』『宣命』に、わざわざ『みことのり』と、天皇が下す『詔《みことのり》』を意味する仮名を振ってあるのだから、大友皇子は正式に即位していたのではないかという説もある。だから、作家の松本清張《まつもとせいちょう》は、歴史学者・坂本太郎《さかもとたろう》の言葉を引用して、

『大友皇子の即位を記すのは、平安時代皇統が天智系にかえり、天智天皇の功業を強調するようになった風潮のもとに、大友皇子に対する同情の高まったことの所産ではあるまいか。真相は書紀の記すように、即位しなかったのであろうと思う。きわ立った即位の式を行うような心のゆとりはなかったにちがいない』

と言い、

『坂本氏のこの考えは大友皇子の即位を認めず、したがって弘文天皇の存在を否定する説をひろく代表しているようにおもう』

と述べている。

というのも、それまでは『書紀』には、大友皇子の即位が記されていないが、それは、天武天皇皇子である舎人親王の撰であるために、わざと大友皇子即位を無視したという意見が主流だった。しかしここで、水戸光圀《みとみつくに》の命で編纂された『大日本史』では、

『当時の朝廷に一日も主のないはずはない。しかも懐風藻《かいふうそう》や扶桑略記《ふそうりゃっき》などには大友皇子の立太子、ないし即位を明記している。大友皇子は必ずや即位したにちがいない』

と主張し、この意見に基づいて、明治政府は大友皇子を歴代天皇に列すると共に、弘文天皇の諡号まで贈ったんだ。また実際に、薬師寺東塔の擦《さつ》――塔の心柱の延長にあたる相輪の軸の部分に、天武の『即位八年庚辰之歳《かのえたつ》』とあり、『庚辰』は六八〇年。そこから逆算すると、天武元年は『癸酉《みずのととり》』となって『壬申』の翌年にあたる。つまり、この銘を信じれば『壬申』の年は、弘文天皇だったろうという推測が成り立つんだ」

「なるほど……」

頷く橙子に、誠也は更に続ける。

「ところが、ここで松本清張は、

『しかし、今日からみれば、この議論はいちじるしく感情論にはしっている。舎人親王の曲筆というのに明証はない。いわんや、一日も皇位は空しかるべきでないという判断は、前代の天智天皇が六年間も即位せず、皇位を空しくしていた事実に、眼をおおったものといわねばならない。

懐風藻は、立太子を記すが、即位は明記していない。扶桑略記《さいきゅうき》の記事には信用はおけない。もっとも、この種の史料としては、その後、前田家本西宮記裏書がもっとも古いことがわかったが、奈良時代にさかのぼるものはないのである』

と再び、坂本太郎の意見を引いている。でも――」

誠也は笑った。

「清張としても、

『結論からさきにいうと、大友はやはり即位したとわたしは考える。なかには、大友は即位式をあげていないから天皇ではないと唱える学者がある。百歩ゆずって、かりにそうであっても、即位の礼は儀式であって、いわば形式的なものだ』

――だそうだ」

「どっちなんですか！」

「実際に『懐風藻』『扶桑略記』『年中行事秘抄』『水鏡《みずかがみ》』などには、大友皇子を皇太子に立てた――つまり、次期天皇に指名したと書かれている」

誠也はノートを開いて視線を落とし、読み上げた。

「『皇太子（大友皇子）は、淡海《おうみ》帝（天智天皇）の長子なり』

ちなみに『懐風藻』などはその後に、

『魁岸奇偉《かいがんきい》、風範弘深《ふうはんこうしん》、眼中精耀《がんちゅうせいよう》、顧盼煒燁《こべんいよう》』

――容貌は逞しく立派で堂々としており、風格といい器量といい共に広く大きく、瞳は鮮やかに輝き、振り返る目元は美しかった。

と表現し、当時の唐使さえ、

『この皇子、風骨《ふうこつ》世間の人に似ず、実《まこと》にこの国の分にあらず』

——日本には珍しいほどの人物だと感心した。

と、べた褒めしていて、更に念を押すように、

『年二十三にして立ちて皇太子となる』

と書かれ、またしても皇子の才能を誉める文章が続いている……。

その他にも、前田家本『西宮記』には、

『大友皇子　天智天皇十年正月任、十二月即帝位』

——十二月に即位した。

とあるし『扶桑略記』天智十年の条には、

『十二月五日。大友皇太子。即為帝位。生年廿五』

——十二月五日に大友皇子が即位した。二十五歳であった。

と書かれている。『群書類従』の『年中行事秘抄』や『立坊次第』にも『大友皇子即帝位』という文字が見えるし、平安後期の歴史物語の『大鏡《おおかがみ》』にも、

『天皇（天智）の皇子大友皇子と申ししが、太政大臣のくらゐにて、次にはやがて同年のうちに、みかどになり給ひて』

とある。更に、鎌倉時代の歴史物語の『水鏡』の天武天皇の段にも、

『天智天皇、十二月三日亡《う》せさせ給ひにしかば、同じき五日、大友皇子位を継ぎ給ひて、明くる年の五月に、猶この御門を』

と書かれている」

「それほど沢山の書物に書かれているなら、間違いないのでは？」

ところが、と誠也は軽く嘆息した。

「これらの書物が書かれた時代は、壬申の乱からかなりの時を経ているから、果たして事実を伝えていると言えるだろうか——という説が主流で、現在でも多くの人々が主張している。後の世の記述なので非常に疑わしいとね」

「それも……一理ありますね」

しかし、

「ぼくは、全く逆だと思うんだ」誠也は首を横に振った。「むしろ信頼できるんじゃないかって」

「それはどうして？」

「これも、以前に小余綾先生と話したことがあるんだけど、現代ですら、百三十五年前の明治維新の真実がようやく表に出てきているし、約六十年前の太平洋戦争の本質的な議論に関しては、まだ始まったばかりだ。だから、その資料の時代が古ければ古いほど信用できるという考えは、それほど当てにならないと思う。少なくとも、盲信してはいけないんじゃないか。それこそ今の明治維新や太平洋戦争じゃないけれど、戦後、まだ当時の軍部関係者が大勢生きている時代に、

彼らの悪口は書けないだろうからね」

「確かに、そう言われれば――」

これは決して、戦争についてだけではない。

企業でも、役所でも、どんな職場でもそうだ。自分の直接の上司の悪業など口に出せないだろう。自ら職場を離れる覚悟を決めない限りは。

「じゃあ、やはり素直に、大友皇子は次の帝になっていたと考えた方が良いんですね。でも、そうなると大海人皇子は、時の帝と戦ったことになってしまいます」

「だから、倭姫王が継がれたのではないかという説もあるんだ。戦前の歴史学者・喜田貞吉《きださだきち》が有名だけどね。しかし、これも松本清張が、

『喜田の倭姫女帝説の発想は、むしろ天武天皇が皇位の簒奪者であるとの不逞な汚名を救うことにあったのではないか、とわたしには思える。喜田が文部省図書審査官から転じて編修官として国定教科書の編修にたずさわっていたころ、教科書から壬申の乱を削除したことを考えればそのような気がするのである』

と言っている」

「何か、混沌としてきました……」

頭を振る橙子を見て、誠也は笑う。

「小余綾先生で思い出したけど、この壬申の乱に関してお話ししたことがあるんだ。ぼくも、今の加藤くんのように頭が混乱してしまってね。すると先生は、あっさりこうおっしゃったんだ。

『とても単純な話だよ。倭姫王、あるいは大友皇子が称制《しょうせい》を敷いていたと考えれば良い。これな

ら、大海人皇子に即位させたくないという天智の希望も叶えられるし、大海人皇子も提言してしまっている以上、これ以上自分がなりたいとは口が裂けても言えないだろう』――と」

「称制を？」

「皇后、あるいは皇太子などが、即位の式を挙げずに政務を執っていたんじゃないかと。事実、天智天皇は中大兄皇子のままで、約七年間も称制を敷いていたからね。そしてその時、小余綾先生は、こうもおっしゃった。『そしてこれが、壬申の乱に繋がった』んだと」

「壬申の乱に？　どういう意味でしょう」

「先生は『そう考える、ある大きな理由があるんだが、これは長い話になるから、何か別の機会の時に話そう』――とおっしゃった」

「ある大きな理由……」橙子は叫ぶ。「凄く知りたいです！」

「それはぼくも同じだよ」誠也は笑った。「でも、その前にもっと壬申の乱に関して勉強しなくちゃいけないだろうな。少なくとも、小余綾先生の話についていけるだけの」

「はいっ。天智天皇と天武天皇に関しても知らないと」

「天智の死因そのものも怪しいんだけど、この話は？」

「この間調べていた資料にも書かれていました。でも、結論は出ていないようでしたけど」

「今の『扶桑略記』にも、そして未詳だが南北朝時代の僧・永祐《えいゆう》の『帝王編年記』にも書かれているらしい。天智天皇は、山階（山科）郷《さと》に遠乗りに出かけたまま、帰ってこなかった。おそらく山林の中に深く入ってしまい、

『不知崩所』

――どこで死んだのか分からない。

仕方がないので、履いておられた沓の落ちていた場所を、陵《みささぎ》――墓とした。そこは、宇治郡山科郷北山である、とね。この山科郷は、現在の京都府・山科区だろうといわれている。加藤くんは、天智が崩御した際に、皇后の倭姫王が詠んだ挽歌を知ってる？」

「ええと確か……」橙子は、あわてて思い出す。「青旗の……？」

そう、と誠也は首肯して続ける。

「青旗の木幡の上をかよふとは
　目には見れども直《ただ》に逢はぬかも
――青々と樹木が茂る木幡山の辺りを魂が行き来なさることは、目にはっきり見えるのだけれど、現実にはお会いできません。

という歌だよね」

そうでした、と橙子は頷いた。

「倭姫王が、沈痛な気持ちを詠んだという」

「しかしね」誠也は言う。「この歌の題詞は『近江天皇（天智天皇）の聖躰不予御病急《みやまいにわ》かなりし時に、太后の奉献《たてまつ》れる御歌一首』――つまり、天智が急病になられた時に太后である倭姫王が奉った歌、とあるんだ」

「病気になった時に？　でも歌の内容としては、もうすでに天智天皇が亡くなっている状況を詠んでいるのでは？」

「そうなんだ」誠也は頷く。「だから、注釈者の中西進《なかにしすすむ》も、この歌は天智の『崩後にふさわしいので『題詞と不一致』と書いている」

「確かに不一致です。じゃあ、その理由は？」

「全くの謎なんだ。だから一般には、天智の霊が倭姫王のもとに現れたんだろうということになってる」

「何か、無理矢理に理屈をつけている感じです」橙子は唇を尖らせる。「そもそも、倭姫王を『皇后』ではなく『太后』と呼んでいるということは、この時点で天智天皇はすでに亡くなっているわけですよね。どういうことですか？」

「それも謎だ」誠也は、あっさり答えた。「しかし、今きみが言ったように、この歌が詠まれた時点で倭姫王が『太后』になっている以上、天智が亡くなっていたことは確かだね。だから、これほどまでに情報が錯綜しているのは、天智が暗殺されたからだという説があって、何人もの人々がさまざまな意見を開陳している」

「暗殺……って」

「今の『扶桑略記』の記述にしたところで、余りにもおかしいだろう。天皇が単独で遠乗りに出かけるはずもないし『山林の中に深く入ってしまい、どこで死んだかわからない』なんてことがあるはずもない」

「それはそうですけど……。じゃあ、その犯人は？」

「『日本書紀』を始めとする当時の書物には絶対にその名前を書けなかった人間――天武が大きな容疑者だとされている」

「天武天皇が！」

「もちろん、今言ったようにそんなことを書き残している文献もないし、物的証拠もない。しかし作家の井沢元彦《いざわもとひこ》は、当時の日本と外国――唐や半島の情勢や天智・天武の関係に鑑みて、『すなわち「天武が天智を殺した」ということである』とまで言い切っている。井沢とはまた別に『書紀』の第二代綏靖《すいぜい》天皇条が、天武の天智暗殺の状況を仄めかして書いているという説もある」

「綏靖天皇ですか……」

ええと、と誠也は『書紀』に目を落とした。

「ここだ。簡単に要約すると――神武天皇が崩御されると、綏靖天皇の腹違いの兄が権力を恣《ほしいまま》にし、綏靖たちも殺そうと画策した。そこで殺される前に討伐しようと彼を襲い、

『一発《ひとさ》に胸に中《いた》てつ。再発《ふたさ》に背《そびら》に中てて、遂に殺しつ』

とある。まさに、このような状況だったのではないかとね」

「弟が兄を……」

「彼らの関係が盤石ではなかった証拠が『藤氏家伝《とうしかでん》』に書かれている。ある日、天智が群臣を集めて酒宴を開いている中で、突然、大海人――天武が槍を会場の床に突き立てた。天智は驚くと

共に怒り、その場で天武を殺そうとした。しかしここは、鎌足が天智を強く諫めたため、かろうじて丸く収まった」

「そんなことまで！」

「今の綏靖天皇ではないが、それなら殺される前に殺そうと考えても不思議じゃない。あの倭姫王の歌の『青旗』は天武——大海人の『海』を表しているという説もあるくらいだ。天智は『木幡』で天武に襲われて亡くなり、その魂が漂っている、という」

「ああ……」

でも、と橙子は顔をしかめる。

「綏靖天皇もそうだったかも知れませんけど……血の繋がった兄弟を殺すなんて」

「『書紀』綏靖天皇の条は、かなり象徴的なフィクションだったんだろうね。何故なら、天智と天武は兄弟じゃなかったという説があって、これはかなり有力だから」

「兄弟ではなかった？」

「これがさっき言った、天智が大海人よりも大友に譲位したかった理由なんだ」

と、そこまで説明した時、特急は奈良駅のホームに滑り込んだ。そこで橙子たちは、あわてて降車の支度を始める。

「話の続きは、奈良の街を歩きながらでも」

誠也は微笑んだ。

＊

近鉄奈良駅で誠也がコインロッカーに大きな荷物を預けると、二人は東向商店街へ向かう。誠也の提案で、今のうちに少し早めの昼食を済ませてしまうことにしたのだ。

といっても、のんびりと奈良情緒溢れる食事を堪能している余裕はないので、ごく普通の日本蕎麦屋に入る。せめてもと思い「大和野菜の天ざる蕎麦」を注文した。もちろん、残念ながらアルコールはなし。

注文を終えて冷たい水を一口飲むと、橙子は早速、誠也に話の続きを促した。すると誠也は、

「きみの質問対策用に、昨夜まとめておいた」

と笑うとノートを開き、ページに視線を落としながら説明する。

「『書紀』に、天智は舒明《じょめい》十三年（六四一）の時には十六歳であったと書かれているから、逆算して推古《すいこ》三十四年（六二六）に生まれたと分かる。ところが、天武の生年に関しては、何故か『書紀』に記録がない。天武の業績に関しては、上下巻に分かれて克明に記されているにもかかわらずね」

「『書紀』以外の書物にも、書かれていないんですか？」

「そうなんだ。そこで、天武の没年の朱鳥《しゅちょう》元年（六八六）から逆算して推測するしかないんだけれど、これが大きな問題を引き起こしてしまった。というのも、天武が何歳で崩御したか判明していないからね」

「えっ。つまり天武天皇は、生年と没年齢が両方とも不明ということなんですか？」

そうだよ、と誠也は首肯した。

「直木孝次郎の言葉を引けば、

『南北朝ごろの編纂になる「本朝皇胤紹運録《ほんちょうこういんしょううんろく》」には天武の歿年を六十五歳とするが、それでは兄の天智より四歳の年長となる』

『「一代要記《いちだいようき》」によっても同様の結果となる。「紹運録」も「一代要記」もともに天武の没年を六十五歳とするからである』

　ということなんだ」

「弟の天武が、兄の天智より四歳年上？」

「更に、天武は七十三歳で亡くなったと書かれている書物もある。そうなると天武は天智より十二歳も年上になってしまうんだ。その他、書物によっては三歳年上とか、五歳年上だとか、あるいは同い年だとか」

「無茶苦茶ですね」

「だから、直木は、

『六十五歳というのは五十六歳の写し誤りと考え、天智より五歳の年少で、舒明三年（六三一）の生まれとする説が有力なので、本書もその説に従う』

　と補足してる」

　と言って誠也は、ノートに目をやりながら続けた。

「日本古代史家の小林惠子《こばやしやすこ》によれば、この天智兄・天武弟説に対して最初に疑問を投げかけたのは、ジャーナリストで歴史作家の佐々克明《さっさかつあき》だったという。しかし、学界では天武の没年齢は五十六歳とされ続けた」

「どうして、そんな無茶な説が出てきたんですか?」

「小林によるとこれは、昭和二十七年(一九五二)の、歴史学者であり東大名誉教授の川崎庸之《かわさきつねゆき》に始まったとある」

誠也はノートに目を落とした。

「ええと——。

『大海人皇子、すなわち後の天武天皇の没年については、実は六十五歳とする説(本朝皇胤紹運録)と、七十三歳とする説(神皇正統記《じんのうしょうとうき》)との二つがあり、いま仮りに前者をとるにしても(中略)同腹の兄を超えてしまうことになるので、両説ともに従えないわけであるが、ここでもし前者の六十五歳を五十六歳の倒錯とみることができれば(中略)中大兄との年齢のひらきも、またその間に間人皇女を数えなければならないことについても、そんなに不自然ではなくなってくるので、ここではしばらくその仮定の下に考えてゆきたいと思う』

——とね」

「余りにも勝手な……」

絶句する橙子を見て、誠也は笑いながら続けた。

「だから小林も、

『川崎はどうしても「書紀」の記載通りに中大兄を兄、大海人を弟にしなければならないという固定観念にしばられて無理なこじつけをしたのである』

と言っているんだ。そして更に、

『川崎の提案した六十五歳を五十六歳の転倒とする、子供じみた思い付きともいえる試案は、まず、直木孝次郎に受け継がれ、直木は昭和三十五年（一九六〇）に「持統天皇」で川崎の案を踏襲した』

『次に、昭和四十年（一九六五）発行の坂本太郎・家永三郎・井上光貞・大野晋校注の「日本書紀」は次のような解釈をしている。

「天武天皇の享年については、一代要記・紹運録に六十五歳、神皇正統記などに七十三歳とあるが、いずれも兄天智天皇より年長となるので、今日では六十五歳を五十六歳の倒錯とみ、舒明三年の誕生とみる説が有力である」』

『今日、これが常識となっているわけである』

とね」

「そんなの『常識』って言えるんですか？」

「さすがに直木も、やはりおかしいと考え直したんだろう。だから後に改めて、

『私もその説にしたがったことがあるが、もちろんはなはだ便宜的な考えで、正しいとはいえない』

と訂正を入れているし、遠山美都男も、

『六十五歳は五十六歳の書き間違いであるとして、この矛盾を解消しようとする意見もあったが、そのような辻褄合わせはゆるされないといえよう』

と言っている」

「それは、そうでしょう……」

大きく頷く橙子の前に、大和野菜の天ざる蕎麦が運ばれてきた。早速二人は「いただきます」と箸をつける。カラリと揚がっている衣も美味しい。ミョウガと大和茄子は分かったが、他の野菜は何なのだろう。不思議な味わいの天ぷらと、喉越しの良い蕎麦に舌鼓を打ちながら、誠也は続けた。

「そこで小林は、

『中世の史料でも「興福寺略年代記」は天智四十六歳崩とし（中略）天武を六十五歳崩としている。まともにみれば、天武の方を年長にしているのである』

『われわれが明確に頭に入れておかなければならないのは、天武の年齢に関して、一番古い史料である「一代要記」と天皇家の系図として、もっとも権威のある「紹運録」が天武六十五歳崩としている事実である』

と、はっきり書いているんだ。つまりここで」

誠也はノートの最終ページに書き込み、くるりと回して橙子に見せた。

「天智：推古三十四年（六二六）生。

　弘文元年（六七一）崩。四十六歳。

天武：生年不詳。

　朱鳥元年（六八六）崩。六十五歳、あるいは七十三歳」

「こうなるわけだ」

そのページを眺めながら、橙子は頭の中で計算する。

「六八六」から六十五を引くと「六二一」。

もしくは、七十三を引くなら「六一三」。

プラスマイナス一年の誤差を考慮しても、天智生誕の「六二六」年より早く生まれたことになってしまう——。

「やはり、どう考えても」誠也は最後の蕎麦を啜ると言った。「天武は天智より四、五歳から十二、三歳も年上になってしまうんだ。但し、天武の皇子である高市《たけち》皇子の誕生年から天武の生年を推測する意見もあって、それによると『大体六三〇年代の半ば』であり、兄天智・弟天武という論が成り立つという説もある。でも、これに関しても小林惠子は、天智と天武が兄弟でないことは、

『「神皇正統記」の天武条に「上下《かみしも》うるしぬりの頭巾《かぶり》をきることも此御時よりはじまる」とあることによっても推察される』

と言い切っている。ぼくも『神皇正統記』を確認したけれど、天武天皇の条に、きちんと、

『此御時ヨリハジマル』

と書かれていた」

「漆塗りの頭巾って……それが？」

「その頭巾を発明して着用したのは、漢の高祖・劉邦《りゅうほう》なんだよ。そして高祖の出自は『下層の遊民』だったため中年期まで定職もなく、読み書きも怪しいほどだったという。小林いわく、『北畠《きたばたけ》（親房《ちかふさ》）はこのようなところに、それとなく天武の出自を暗示させているのである』ということになる」

「下層の遊民……」

唖然とする橙子に、誠也は言った。

「つまり天武は、

『六二三年（推古三十一）生、六八六年（朱鳥元）、数え年六十五歳没であり、天智は「帝説」により、六二六年（推古三十四）生、六七一年（天智十）、数え年四十七歳没と推定されることになる。

したがって、兄といわれる天智が弟の天武よりも三歳年下である。

年齢よりみても、天智・天武を兄弟とする「書紀」の記載は偽りであり、すくなくとも同じ両親から生まれた可能性は』

――非常に薄いと小林は断じているんだ」

「ああ……」

「更に天武は、壬申の乱において、敵と味方を判別するためと称して、自分の軍勢には『赤い衣』を身につけさせた。実際に『書紀』にも、

『赤色を以て衣の上に着く』

とあるようにね。ところがこれは、国文学者の井上通泰《いのうえみちやす》に言わせれば、『大海人はみずからを漢の高祖に擬し、高祖が赤色を尊び、赤色の幟を用いたのにならったものであろう』

であり、遠山美都男も、

『赤色は中国の漢王朝がもっといわれた火徳《かとく》を象徴する。大海人は明らかにみずからを漢王朝を開いた劉邦になぞらえようとしていた』

と言い、小林も、江戸時代の国学者である、

『伴信友《ばんのぶとも》以来、天武が漢高祖に自らを擬しているというのは、今や定説となったが、中大兄と同両親を持つ兄弟であるならば、当時、貴種中の貴種であるはずなのに、何故、漢高祖のような下層の遊民にして、王朝の始祖たるものに自らを投映し、後世の者も、それを認めているのか』

と述べてる。これらの説を総合すると、つまり――」

誠也は声をひそめる。

「天武は、天智と兄弟どころか、皇室とも何の関係もなかった」

「え……」

橙子は息を呑んだが――。

今までの話を総合すれば、確かにそうだ。

橙子は蕎麦湯を飲みながら大きく首肯した。

そもそも、天武の生年どころか、没年齢さえ『書紀』に記載されていないということからして

ありえない。

まさか、両方とも「書き落とした」などというわけもないから、これは「わざと」記載しなかったんだろう。つまり、真実を書いてしまうと、非常に都合が悪いから。

そして天武は自らを「下層の遊民」で、後に宿敵の項羽《こうう》を討って漢を興した「劉邦」になぞらえた。つまり、天武も劉邦と同様のことを行ったということになる——。


二人は蕎麦屋を出ると、興福寺を目指した。

歩きながら、誠也が説明する。

奈良時代における仏教の代表的な法相宗《ほっそうしゅう》の大本山である興福寺は、当時は「四大寺」、平安時代には「七大寺」の一つと呼ばれたように、現在よりも遥かに広大な寺域を持っていた。

ちなみに、法相宗の「法相」というのは、あの玄奘三蔵《げんじょうさんぞう》が、インドから持ち帰った経典を基にしている教えのことだという。

この興福寺の創建に関しては、さまざまな伝説が残されているが、実際のところ和銅《わどう》三年（七一〇）の平城京遷都に伴って、藤原不比等が、飛鳥に建てられていた厩坂寺《うまやさか》を現在の地に遷し、興福寺と号した——という説が有力なようだ。

やがて神護景雲《じんごけいうん》二年（七六八）に春日大社が創建されると、春日の神は法相宗・興福寺を守護する神だとして、神仏習合され、双方とも藤原氏の氏寺・氏神となった。

そんな興福寺は現在、八部衆像の一体である阿修羅《あしゅら》像が有名だが、その他にも数多くの仏像や、五重塔を始めとする堂宇が、国宝や重要文化財に指定されている。中でも、さっき名前が出た山田寺から、興福寺の僧兵たちが略奪してきたという旧山田寺仏頭などは、白鳳時代の文化を代表する物として有名だ。

「冤罪で自害した人のお寺ですね！」

叫ぶ橙子に、

「そう。右大臣・蘇我倉山田石川麻呂だよ。山田寺創建の話は、話は『上宮聖徳法王帝説《じょうぐうしょうとくほうおうていせつ》』に詳しく載っている。しかし石川麻呂が自害し、平安後期、ちょうど源平合戦の頃になると、山田寺に安置されていた丈六《じょうろく》——一丈六尺の立派な薬師如来像は、引きずられるようにして興福寺へと運ばれたという。そして現在、その仏頭だけが国宝として残存している」

「それは……」

橙子は絶句する。

そんな話を聞かされると、とても興味を惹かれてしまう。

でも、今一番橙子が見たいのは、やはり薪能発祥の地である南大門跡の「般若ノ芝」と、同じく薪能金春発祥の地の石碑——。

橙子たちは三条通まで出て、猿沢池側から興福寺に入ることにした。その方が、登大路《のぼりおおじ》から入るより般若ノ芝などに近いからだ。

その途中、右手に猿沢池が見えてきたので橙子は、

「さっきお話しした采女神社は、あそこです」

と指差す。

すると誠也は「通り道だし、せっかくだから」と言って、采女神社に向かった。しかし、一昨日とは打って変わって正面の門も裏門も固く閉ざされ、人気《ひとけ》も全くない。

だが、朱色の瑞垣の隙間から狭い境内を覗いた誠也は、

「うーん……」と唸った。「きみの言葉通り、社殿は完全に正面入口と猿沢池に背中を向けてる。これは実に珍しいというか……あり得ない造りだね」

誠也は真剣な顔つきで、瑞垣の外から社に手を合わせた。

采女神社を後にすると、何頭もの鹿たちが我がもの顔に闊歩し、車が鹿の道路横断をいつまでも待っている三条通を進む。

やがて左手に数段の石段と、その奥に復興再建築中の興福寺中金堂が見えてきた。ここには、高さ三メートルほどの金色に輝く釈迦如来《しゃかにょらい》坐像が安置されていたらしいが、周辺を含めて整備・再建中なので、遠くから眺めるだけ。

その手前が、南大門跡と般若ノ芝だ。

予想していたより、かなり狭い空間だったが、橙子はその場に立ち大きく深呼吸する。この場所から、現在の能・狂言のもとになる「大和猿楽」が始まったというのだから。

次に橙子は、南円堂奥の「薪能金春発祥の地の石碑」を見学に行く。

するとそこには大きな石碑が建ち、裏側には、

「薪能は久しく薪猿楽と称し、古くは薪咒師猿楽とも称せられ——云々」

と、長い碑文が刻まれていた。

橙子が何枚もの写真を撮り終えると、二人は本瓦葺きの八角形の建物が美しい北円堂と南円堂を眺めた。

現存している興福寺内の建物の中で最も古いという北円堂の、本尊は「弥勒如来《みろくにょらい》」。

普通に「弥勒」といえば「菩薩《ぼさつ》」——まだ悟りを求めて修行中のはずだが、ここでは「如来」という、すでに悟りを開いた「仏」として祀られている。遥か未来の下生《げしょう》、人々を救うためにこの世に現れた弥勒として祀っているらしかった。毎年、春と秋に一般公開されるのだという。

一方の南円堂は、日本最大の八角堂といわれ、江戸時代後期に再建されているため、瓦屋根も朱塗りの柱も、緑色の板壁も、秋空に映えてとても美しかった。本尊は、不空羂索《ふくうけんさく》観音菩薩。こちらは、毎年十月に開扉されるという。

橙子たちはそれらを眺めながら、中金堂をぐるりと回るようにして再び南大門跡を過ぎ、東金堂へと向かう。

東金堂は、隣にそびえる五重塔をバックに堂々たる寄せ棟造りの建物だったが、まるで禅寺のように落ち着いている。茶色の太い円柱と白い板壁の慎ましやかな造りで、もちろん国宝。

拝観受付を済ませて中に入ると、ひんやりとした空気に包まれる。

本尊は、銅造りの薬師《やくし》如来《にょらい》坐像。脇侍《わきじ》には、日光《にっこう》・月光《がっこう》菩薩。その周囲を四天王が護るという、実に荘厳な光景だ。

その他にも、やはり国宝の木像・文殊《もんじゅ》菩薩坐像などを見学して外に出ると、再び辺り一面の熱気に襲われ、汗が噴き出してくる。

その中を、二人は国宝館に向かう。

入館料を払って中に入れば、五メートルを越えるという千手観音菩薩像に圧倒された。鎌倉時代の作品というが、もともとは食堂《じきどう》の本尊だったという。平家——平重衡《たいらのしげひら》らによる、治承《じしょう》四年（一一八〇）の南都焼き討ち後に復興されたらしい。

こちらは、奈良時代の作の釈迦十大弟子立像や、八部衆立像も素晴らしかった。阿修羅像が、想像していたよりも小柄だったことにびっくりしたが、背面まで回り込んで鑑賞できることに感動する。その他、金剛力士像、四天王立像、十二神将立像など、今にもこちらに向かって動き出しそうな、物凄い躍動感のある木像たちに圧倒された。

そして、悲劇の蘇我石川麻呂が創建した山田寺から奪ってきたという、薬師如来の仏頭。

こちらは、想像していた以上に大きかった。

この頭だけで、高さ一メートル弱はあるという。となると、薬師如来像はどれほどの大きさだったのだろうか。東金堂も応永《おうえい》十八年（一四一一）の火災で焼け落ち、薬師如来像の頭部だけがこうして焼け残ったのだという。

説明書きには、文治《ぶんじ》三年（一一八七）に、東金堂に「迎えた」となっている。

激動の歴史を体験してこられた白鳳時代の仏頭は、しかし非常にふくよかで、穏やかな表情をしていた——。

その後、誠也は寺務所と売店をまわり、資料や文献などを大量に購入する。

先ほど奈良駅で、カートをコインロッカーに預けていたが、一泊なのに随分大きな物を……と橙子は思ったのだが、こういうことらしい。現地で購入する資料などを入れて持ち帰るために、それを用意してきたのか、と納得した。

次は、春日大社。

地図を見れば、ここから二キロほどなので充分に歩いて行ける距離だったが、この暑さ。流れ落ちる汗を拭っていたら、運良くバスがやって来たので、橙子たちは急いで乗り込む。これで時間と体力を大きく節約できた。

冷房の効いたバスで涼んでいると、あっという間に、大社宝物殿脇の停車場に到着した。橙子たちは、ここでも自由自在に闊歩する鹿たちを避けながら、早速、大社境内へと向かう。

神体山の御蓋山《みかさやま》を仰ぐ二の鳥居をくぐり、祓戸《はらえど》神社に参拝してから手水舎へ。神鹿が口にくわえた巻物から清水が流れ出ている、いかにも春日大社らしい素敵な手水舎だ。

橙子たちは参道を進み、春日大社最大の高さを誇り、左右に朱塗りの回廊が延びている、南門《なんもん》へ向かう。

門をくぐると幣殿・舞殿が見えたが、橙子たちはすぐ右手の「本殿特別拝観受付」へ。

折角なので、神楽などが奉納される斎庭《ゆにわ》の「林檎の庭」や、中門、御廊《おろう》を歩き、本殿を間近に参拝したい。

いくつかの一間社の社を過ぎると、春日大社といえば必ず目にする立派な中門の前に出た。この、本殿を守るように建っている高さ十メートルの美しい唐破風の楼門を、本殿と勘違いしてしまう観光客も多いというが、こうして見ると納得できる。それほど立派な楼門だった。

そこから、十メートル以上にわたって左右に延びる御廊は、今でこそ神職が座して神事を執り行っているが、昔は、興福寺や東大寺からやって来た僧侶たちがお経を上げる場所だったという。まさに、神仏習合の社だ。

二人は中門をくぐって、本殿へと向かう。

前もって調べたように、本殿は四殿並び建っている。

第一殿は、常陸《ひたち》国・鹿島《かしま》神宮からの、武甕槌《たけみかづち》命。

第二殿は、下総《しもうさ》国・香取《かとり》神宮からの、経津主《ふつぬし》命。

第三・四殿は、河内《かわち》国・枚岡《ひらおか》神社からの、天児屋根《あめのこやね》命と、比売神《ひめがみ》だ。

本殿社殿の屋根は、切妻《きりつま》造りで綺麗に反っており、妻側を正面にして、片流れの向拝《こうはい》が階《きざはし》を覆っている「春日造」。しかも、他の建物よりも朱色が更に一層濃く、朱というよりも赤に近いほどだった。

だが、説明書きに目を落としながら眺めていた橙子は驚く。

この本殿は山の傾斜に手を入れることなく建てられたため、横並びになっている第一殿から第四殿に向かって、山の傾斜のままゆるやかに斜めになっているのだという。山をできるだけ削りたくなかったという理由らしい。

橙子たちは、順路に沿って進む。

やがて、武甕槌命が白鹿に乗って降臨したという「御蓋山浮雲峰遥拝所」を過ぎて回廊に出ると、そこには無数の釣燈籠が下がっていた。寄進者として、徳川綱吉《つなよし》や、藤堂高虎《とうどうたかとら》、宇喜多秀家《うきたひでいえ》らの、錚々たる武将の名が刻まれている。説明によれば、何と藤原道長の長男・頼通《よりみち》の寄進した燈籠もあるらしい。

現在でこそ、節分と八月十四・十五日の年三回だけ「萬燈籠」の行事で灯りが点されるが、江戸時代までは毎晩のように全ての燈籠に灯りが点されていたというから、実に壮観だったろう。

橙子たちは「萬燈籠再現」と書かれた「藤浪之屋《ふじなみのや》」に入る。ここは元々、神職たちの詰め所だったという狭いスペースだけれど、真っ暗闇の中に燈籠の灯りだけがズラリと左右に並び、一種異様な空間を創り出していた。言ってみれば、まるであの世へと続く道を照らしている灯りのようだった――。

再び境内に出ると、照りつける太陽の光を浴びて、一瞬で現実に戻る。

すると、

「もしかして」と誠也が呟くように言った。「春日大社関係だし、中元萬燈籠と采女祭は、何か関係があるかも知れないね」

「えっ」と不審顔の橙子に、誠也は続ける。

「もちろん当時は、萬燈籠も采女祭も、現在のように大規模には行われていなかったろうけど、一種の『神事《しんじ》』としては斎行されていたはずだ。同じ八月十五日に」

「あっ。確かに……」橙子は大きく頷く。「その日は、お盆――盂蘭盆《うらぼん》ですものね！」

橙子は納得する。

祖霊を慰め、その冥福を祈るという意味では同じ。墓参に霊祭《たままつり》の日だ……。

参拝受付まで戻ると、誠也は例によって社務所と宝物殿に行き、資料と文献を買い求めて、次の談山《たんざん》神社に移動すると言う。

談山神社までは、近鉄奈良駅に戻って橿原神宮前まで移動して、そこからタクシーに乗って――合計で約一時間はみておく必要があるので、そろそろ出発しないと、見学が終わる頃には日が暮れてしまう。

そこで橙子は誠也とはここで別れて、ずっと気になっている「若宮」と、それに伴う「若宮十五社」を一人でまわることにした。

「私の我が儘におつき合いいただいて、申し訳ありませんでした」

橙子が深々と頭を下げると、

「いやいや」と誠也は笑った。「一緒にまわれたし、久しぶりに色々な話ができて楽しかった。でも、壬申の乱の話が中途半端になってしまって、こちらこそ申し訳なかったね」

「いえ、そんなこと」

「この続きは、またの機会にしよう。というより、この先は殆ど教科書通りだと思うよ」

はい、と橙子は微笑む。

「今日は、本当にありがとうございました！」

社務所に向かう誠也に手を振ると、橙子は一人、参道を歩く。

左右には大きな石燈籠が並び、その隙間から時おり可愛らしい鹿たちが、ひょっこりと顔を出す。そんな光景に和みながら、橙子は若宮へと向かった。

しかし、こうやって実際に足を運んでみると、この大社の摂社・末社の多さは凄い。手元のパンフレットにも、その数は六十社を超えると書かれていた。各社では、しばしば神事が行われるようだから、神職や巫女たちも大変なことだと思いつつ、橙子は「若宮十五社」に到着した。

まずは「若宮神社」。

祭神は、天押雲根命《あめのおしくもね》。

謎の神様だ。

しかもこの社は『春日権現験記』にも描かれているように、本殿の周囲をぐるりと朱色の瑞垣に取り囲まれ、鳥居の下部にも柵がかかっているので、本殿直前までは進めない。

そして、

「一童社（三輪神社）」少彦名命《すくなひこな》。

「兵主《ひょうす》神社」大己貴命《おおなむち》。

「南宮《なんぐう》神社」金山彦《かなやまひこ》神。

——云々と続き、途中の、

「春日明神遥拝所」

「伊勢神宮遥拝所」

「元春日・枚岡神社遥拝所」

などを経て、最後の、大国主命・須勢理姫《すせりひめ》命が夫婦神として祀られている、日本唯一の「夫婦《めおと》大国社《だいこく》」までの十五社である。

しかし、良く考えてみれば、これらは南門を出て、大社境外に建てられているのだから、大社の摂末社であると同時に「若宮」自身の摂末社なのではないだろうか——とも思った。

更に橙子は、折角ここまで来たのだからと、北参道の水谷《みずや》川に沿って建てられている「水谷九社」をまわる。こちらは、全て一間社の小さな社だった。

しかし、その途中に「東大寺二月堂まで五百メートル」と書かれた案内板が立っていて、いつの間にかそんな場所まで来ていたのかと驚いてしまう。

気がつけばペットボトルの水も空になっていたし、さすがに足も疲れてきたので、そのまま宝物殿前のバス停まで戻ることにした。


バスは当分やって来そうもなかったが、空車のタクシーが一台停まっていたので、橙子はすぐに乗り込んだ。東京に帰る前に、もう一度だけ猿沢池と采女神社を見たいと思っていた。

それと、どこかで冷たい飲み物を。

タクシーに乗って、運転手とそんな会話をすると「ならまち」の話題を振ってきた。

考えてみれば、この間も今日も猿沢池まで行っておきながら、観光名所の「ならまち」へは足を踏み入れていない。折角だから「ならまち」でお茶をして、采女神社に参拝してから帰ることにしよう。

そう運転手に告げると、

「小洒落た喫茶店なら、ぎょうさんありますよ。ああ、そうだ。あそこらへんに、氷室《ひむろ》神社ゆうのがありまして、千三百年も前から天皇さんに氷を献上してたらしいんで、かき氷が有名ですわ。そういえば、女の人に人気のお店があったなあ」

などと勝手に決めてくれて、風情ある街中《まちなか》に建っている、古民家風の喫茶店まで連れて行ってくれた。

橙子はお礼を言ってタクシーを降りると、店に入って素直にかき氷を注文する。初めて聞いたのだが「奈良いちご」が使われているそうだ。甘くてとても美味しい！

〝さて――〟

すっかり元気を取り戻した橙子は、再び街に出ると采女神社へと向かう。

相変わらずかすれて読み難い説明板。謡曲「采女」のストーリーと、人麻呂と帝が詠んだという哀悼歌が書かれている駒札《こまふだ》を眺めながら、少しフラフラと歩く。

すると、一軒の家の前に「今御門町《いまみかどちょう》」という説明板が貼られており、町の名前の由来は、一説では「元興寺《がんごうじ》の北門がここにあったところから」ともいわれていると書かれていた。

元興寺は、今行って来た「ならまち」のかなり奥だ。少し気になって調べてみると、現在の「ならまち」の殆どが元興寺の境内だったとあった。

元興寺に関しては詳しくないが、何か機会があったら調べてみよう……などと思いながら池まで戻り、ほとりのベンチに腰を下ろして猿沢池を眺めた。

池は相変わらず、五重塔をバックにして静かに水をたたえていた。一昨日と今日で、ここに来るのは三度目。それなのに、

〝全て世は事もなし……か〟

橙子は大きな溜息を吐く。

三国志の劉備玄徳《りゅうびげんとく》と諸葛孔明《しょかつこうめい》ではないが、まさに「三顧《さんこ》の礼」だ。

そろそろ、何か教えてくれても良いんじゃないの？

自分勝手な理由をつけて、恨めしそうに猿沢池を眺めると、ベンチの近くに置かれている、例

の「采女祭」のプレートが目に入った。
先日目にした物と同じ……。
軽く嘆息して目を逸らせようとした時、
〝あっ〟
頭の中に電流が走り、橙子はベンチを蹴って立ち上がっていた。
突然、さまざまな思考が物凄いスピードで交錯する。
そういうことだ！
今までの違和感が何だったのか。
何がそんなに橙子を苛つかせていたのか。

その理由が、やっと分かった。

これは、常識的に考えて尋常ではない！
ひょっとすると「采女」に関する、根元的な問題なのかも知れない。
両腕に、ぞわっと鳥肌が立った。
その上これは、さっきの誠也の話と、真っ向から矛盾しているではないか。
もっと本気で調べなくては。
今から、誠也と連絡が取れないか。
そう考えて、すぐに打ち消す。

いや。それは余りにも甘えすぎ。彼には彼の仕事があるし、これ以上頼ったら、さすがに叱られてしまうかも。

〝どうしよう……〟

だが、どちらにしても、もう少し現地――この辺りにいた方が良いのは間違いない。そうなると、一泊することになってしまう。

橙子は、ドキドキと鳴る鼓動を押さえるように、大きく深呼吸しながら考える。

明日の予定もないことだし、一旦東京に戻って改めて出直すことを考えたら、このままどこかに泊まってしまう方が、理に適っているのではないか。一泊するために必要な物を買い揃えたとしても、出直す旅費の半分にも満たないだろう。

そうするしかない！

橙子は決心して、奈良駅と京都駅近くのビジネスホテルを当たる。すると幸いなことに、京都駅近くの適当なホテルが見つかった。

必要な物は、京都駅ビルで買えば良い。シャツも汗でビショビショだし、何かお洒落な物を見繕う。

そういえば、誠也は今日、橿原神宮前駅近くに宿を取っていると言っていた。ホテルで今日一日の汗を流してから、携帯に電話してみよう。

橙子は、先ほどまでとは打って変わって足取りも軽く、近鉄奈良駅へと向かった。

＊

ホテルのこぢんまりとしたレストランで夕食を済ませると、誠也は部屋に戻って缶ビールのプルトップを開けた。これで、長く暑かった一日目は終わり。これからゆっくりとビールを飲みながら、大量に買い求めた資料を整理する。

興福寺、春日大社と目を通し、三ヵ所めの談山神社——。

この神社は、奈良県北部の多武峰《とおのみね》の山中に鎮座している。ここ橿原神宮前からは、石舞台《いしぶたい》を経由して、タクシーで二十分ほどだった。

後の天智天皇である中大兄皇子と、後の藤原鎌足である中臣鎌足が、皇極《こうぎょく》四年（六四五）に、蘇我入鹿を討ち、大化改新を断行する直前、この場所で計画を練ったとされるため、それ以来この地は「談山《かたらいやま》」と呼ばれるようになった。

そこに、鎌足の長男で僧の定慧《じょうえ》が、神仏習合の社として社殿を建立したのが「談山神社」の創祀だ。

当時の慣例に漏れず神仏習合の社だったため、現在も境内には堂宇が多く立ち並び、中でも鎌足の墓塔《ぼとう》とされる十三重塔は、天に向かってそびえ立つように総高十七メートル。十六世紀の再建とはいえ、世界に唯一現存している木造の十三重塔だという。燃えるような紅葉に包まれた立派な光景は、誠也も何かのテレビ番組で目にしたことがあった。

また神廟拝所には、堂々たる鎌足の神像が安置されていたし、中大兄皇子と鎌足が初めて出会ったエピソードにちなんで、毎年春と秋には大勢の観光客の見守る中で「けまり祭《さい》」も執り行われている。

文字通り、藤原氏一色の寺社だ。

しかし——。

誠也は、ビールをごくりと飲む。

今日の橙子ではないが、何か「違和感」がある。

ただ、彼女とは違ってその理由は簡単。

興福寺も春日大社も談山神社も、全て美しすぎるのだ。

藤原氏といってすぐに思い浮かぶのは、数々の権謀術数に染まった、ドロドロとした歴史の数々だが、そんな雰囲気が微塵も感じられない。あの、猿沢池に背を向けて建つ「采女神社」のような、一種おどろおどろしい光景が、一ヵ所もなかった。

つまり、今日見てきたのは全て「表の顔」だということなのだろう。

とすれば「裏の顔」はどこにある？

誠也は、缶ビールを空けながら嘆息する。

橙子と一緒に春日大社・若宮もまわっておくべきだったかとも思う。明日、改めて出直しても良いが、かなり時間を割かれてしまうことは確実。

まさかこんな展開になるとは思っていなかったので、明日はこの近辺をまわって帰京しようと思っていたが、どうやらそんなに単純な調査では、何も分からないまま帰ることになりそうだ。

それこそ「表の顔」——表面だけをなぞって終わってしまうし、熊谷も、もちろんそんな報告を求めていないはず。そんなレポートなら、大学の図書館で充分に事足りる。

とすれば――。

誠也は、大きく嘆息した。

やはり、鎌足・不比等同様に、天智・天武（大海人）を調べないとダメだ。

それこそ、鎌足と天智亡き後に勃発している、天智皇子・大友と大海人の間に起こった、日本古代史上最大の戦い「壬申の乱」が絡んでくるのではないか。そこで不比等が、どんな役割を担っていたのかは分からない。おそらく、十代前半だったろうから、まだそれほどの実力を持っていなかった可能性もある。しかし、あの戦乱をはっきりと目にしていたことは間違いない。

それに……。

誠也は笑った。

何故かこのタイミングで、橙子がそんな話を持ちかけてきたのも、何かの「縁」なのかも知れない。

誠也は、二本目の缶ビールを開けると、一口飲んでから決めた。

明日は、近江に寄ってみよう。天智と大友の、近江・大津京へ。ひょっとすると無駄足になってしまうかも知れないが、京都からたった十分。

天智と鎌足が、数々の政策を練った近江京跡。そして、大友皇子供養のために建立された三井《みい》寺《でら》。昔はその境内にあったという、大友皇子――弘文天皇陵。

明日は藤原氏を直接でなく、天智・大友関係を追う。そして余裕があれば、天武まで。

そう決めて、ビールをゴクリと飲んだ時、携帯が鳴った。

誰かと思って手に取れば、今思っていたばかりの、橙子からだった。電話に出ると、

「今日は、ありがとうございました！」元気な声が耳に飛び込んで来る。「おかげさまで、凄く勉強になりました」

「それは良かった。でも、疲れたろう」

ほろ酔い加減で応える誠也に、橙子は「いえ、いえ」と言って、いきなり尋ねてくる。

「堀越さんは、明日どちらに？」

ああ、と誠也は正直に答える。

「当初の予定とは違うけれど、滋賀県に行こうと思ってる。近江へ」

「近江？」

「きみに刺激されて『壬申の乱』関係の土地をまわることにしたんだ。三井寺を中心にして、大友皇子の足跡をね」

えっ、と橙子は叫んだ。

「私もご一緒したいです！」

「それは残念だったね。また次回、何かの機会を見つけて――」

「もしよろしかったら、明日」

「明日って」誠也は笑う。「また、わざわざこっちまで来るのか？　新幹線に乗って」

実は、と橙子は照れ臭そうに言った。

「まだ、帰っていないんです」

「帰っていないって」誠也は時計を見た。「もう、東京までの新幹線がないだろう。まさか、寝

台特急のサンライズ――」

いいえ、と橙子は笑う。

「京都に泊まることにしました」

「はあ？」

啞然とする誠也に橙子は、采女に関して思いついたことがあり、急遽一泊して追いかけることにしたと告げる。

「そう……なんだね」

「はい」橙子は、昼間会った時以上にテンションを上げて、楽しそうに言う。「まだ半分くらいですけど、今朝までのもやもやが晴れました。その話も堀越さんに聞いていただきたいし、また、壬申の乱の話の続きを聞かせていただきたいし」

「でも、それならば、どこかで一緒に夕食でも摂れば良かったね」

「いいえ。私も突然に決めたので」橙子は笑った。「すみません。またよろしくお願いします」

でも、と誠也は尋ねる。

「きみが気づいた采女の話と、壬申の乱――大津と関係あるのかなあ」

「それが」橙子は言い淀んだ。「全く何も分かりません。そもそも采女に関して、どこをどうまわれば良いのかも」

「え……」

「なので明日、そんな話の相談にも乗っていただけたらと思って――」

「了解したよ。実はぼくも、きみに教えてもらいたいことがあってね」

半ば感心し半ば呆れたように告げる誠也に、橙子はキョトンとしたように言った。

「私に？」

「うん。春日大社の『若宮』について知りたい」

「……私でよろしければ構いませんけど、でも、特に何も……。ただ『若宮』は、春日大社とは別に独立して存在していたんじゃないかと思ったくらいで」

「独立して存在していた？」

「いえ。もちろん、同じ『春日大社』ではあるんですけど、本社と同格か、もしかするとそれ以上の扱いを受けていたんじゃないかって感じたんです。当然ながら創建は、本社の方がずっと古いですけど」

「へえ……。じゃあ、そんな話も明日聞かせてもらいたいな」

「壬申の乱の話も、お願いします！」

「そちらは大丈夫。資料もたくさんあるしね」

誠也は笑い、橙子とは明朝九時に、京都駅ＪＲ改札口で待ち合わせることにした。

《九月十四日（日）先勝　居待月《いまち》》

安積山《あさかやま》。影さへ見ゆる山の井の。

浅くは人を思ふかの。心の花開け。


京都駅、午前九時。

今日も昨日と同様、余り天気は良くないものの、まだ蒸し暑い。日が照っていない分、空気がどんよりと体中にまとわりついてくる気がする。

そんな中を橙子と誠也は、時間通りに落ち合った。

日帰り予定だったはずなのに、昨日とは違う少し派手めのシャツを着ている橙子を見て首を傾げる誠也に気づき、

「昨晩、駅ビルで買っちゃいました」改札をくぐりながら橙子は笑った。「ちょうどセール中だったので」

「ああ、そう……」

誠也は肩を竦めて苦笑いしながら言った。

「そういえば、これからの予定をちょっと変更したいんだが」

「三井寺じゃなくて、ですか？」

ああ、と誠也はホームに向かいながら頷いた。

「実は昨日調べていたら、三井寺や弘文《こうぶん》天皇陵に行く前に、一ヵ所寄ってみたい場所が出てきてしまったんだ」

「そこは？」

「石山寺《いしやまでら》」

「石山寺って……確か、紫式部《むらさきしきぶ》関係のお寺じゃなかったでしたっけ。式部が『源氏物語』を書いたという」

うん、と誠也は首肯した。

「参籠して、その着想を得たという寺だね。その他にも『蜻蛉《かげろう》日記』の藤原道綱母《ふじわらのみちつなのはは》や、『更級《さらしな》日記』の菅原孝標女《すがわらのたかすえのむすめ》たちも参籠している、女流文学者に大人気だったお寺だ」

二人がホームへの階段を降りると、乗り場には観光客らしき人々が列を作っていた。その一番後ろに並びながら、誠也は言った。

「石山寺の境内に、大友皇子を祀っている社があるようなんだ。石山寺から三井寺までは電車で二十分くらいだから、その社をお参りしてから三井寺まで行こうと思ってね」

「そうですね」橙子も賛成する。「小余綾《こゆるぎ》先生の言葉ではないですけど、何がどこでどう繋がっているか分かりませんから」

その言葉に誠也が頷いた時、電車がホームに滑り込んできた。

運良く二人並んで腰を下ろす。ここから石山まで、十五分。電車がホームを離れると、早速誠也が問いかける。

「それで、采女に関して何か判明したんだって？」

「はい！」橙子は目を輝かせながら答えた。「まず、変だったのは龍頭鷁首《りゅうとうげきしゅ》の管絃船でした。もちろん、時代云々という話ではなく」

「それが何か？」

「昨日の堀越さんのお話で思ったんです。この管絃船はご存じのように、天皇や上皇などの『止事無《やんごとな》き』方々の乗る、あるいは彼らを迎えて雅楽を奏するための船です。でもそんな船が、堀越さんのおっしゃったような身分の低い采女の鎮魂のために、わざわざ使われるということが、あり得るんでしょうか？　そもそも采女は、地方豪族から朝廷への貢ぎ物だったわけですから」

「そう言われれば……」

「今言ったように、もちろん龍頭鷁首の船は、平安時代以降の物です。しかしそれにしても、そんな立派な船が、たった一人の采女のために、六百年近くにわたって毎年、猿沢池に浮かべられるというのも――」

「確かに変だね」

　それだけではありません、と橙子は続けた。

「これも昨日改めて気づいたんですけど、采女が入水したという話を聞いて帝――天皇自らが猿沢池まで御幸されています。こんな例って、今までの歴史上にありますか？」

「少なくとも、ぼくは聞いたことがない」誠也は首を横に振った。「それこそ、天皇が亡くなられて、采女たちを含む大勢の女官たちが天皇のもとに駆けつけたというような話なら、いくらでも残っているけれど……真逆だものね」

「そうなんです」橙子は頷いた。「入水したのが、采女ではなく皇后や皇太后なら分かります。しかも伝承によれば、天皇自身はその采女を一度だけ『お召し』になったきり、その時まですっかり忘れてしまっていた」

「ますますあり得ない話だね」誠也は大きく首肯する。「ということは……もしかすると、その采女はそれほど高い身分の女性だったのかな。たとえば」と言って視線を上げる。

「額田王《ぬかたのおおきみ》は、実は采女だったのではないかという説もある。もちろん、最後は皇后の地位に就いているんだけれど。だから、もしも猿沢池に入水したのが額田王ほどの女性だったとしたら、天智でも天武でも、そして柿本人麻呂でも、全員が駆けつけたろう」

「でも、時代が違います」

「そういうこと」誠也は橙子を見た。「それに聖武や淳仁の時代で、そこまでの采女がいたという話は聞いたことがない」

「もしかすると」橙子は尋ねた。「猿沢池に身を投げたのは、本当は采女じゃなかったとか？」

「えっ」

「実は、非常に高貴なお方で、それがいつの間にか采女に置き換えられてしまった——」

「いや。それはないんじゃないかな」誠也は首を横に振る。「龍頭鷁首の船や稚児や随身たちの行列は祭だからともかくとして、それなりの神事は伝えられてきているはずだから」

その通りだ……。

あの「采女祭」の際にも、春日大社宮司は「采女の大神」と祝詞を上げていた。祭の形式は時代と共に変遷していったとしても、本質は変わっていないはず。

「その采女は一体何者だったんでしょう？　低い身分で、たった一度しか『お召し』がなかったのに、入水が判明したら天皇自らが御幸され、それどころか供養の社まで建立された」

「しかも、その社は一晩にして池に背中を向けてしまった……」

ええ、と橙子は顔を曇らせた。

「一つモヤモヤが解けたら、また次の謎が現れてしまいました」

「本当だね」誠也も苦笑する。「機会があったら、小余綾先生に尋ねてみたら良いんじゃないか」

「先生は、そんなことまでご存知でしょうか。それこそ、堀越さんたち歴史学研究室の方々の方が詳しいんじゃ——」

いや、と誠也は首を横に振る。

「この問題は歴史学や文献学だけじゃ、きっと解決しない。小余綾先生のように、さまざまな知識を持って自由に考えられないとね。それこそ、お能にもあるんだろう」

「はい。『采女』です」

「それなら先生は、采女を知らないはずはないから、訊いてみるといい。少なくとも、何かヒントになる話はしてくださるはずだ」

「そうですね……」

橙子が肩を落としながら頷いた時、電車は石山駅に到着した。

通常であれば、ここから京阪石山坂本線に乗り換えて約十分。終点の石山寺駅で降りたら、瀬田《せた》川沿いの道をのんびりと歩いて石山寺まで——となるのだが、ここは時間と体力の節約のためにタクシーで行こうと誠也は提案し、橙子も喜んで便乗させてもらう。旅情溢れる旅は、また今度改めて。

タクシーの窓から、左手に滔々と流れる瀬田川と右手に立ち並ぶ古い旅館を眺めていると、十分足らずで石山寺に到着し、二人は門前で降りる。

左右に立派な仁王像を安置した、歴史を感じさせる楼門前には「西国十三番　石山寺」と刻まれた、大きな寺号標が立っている。西国観音霊場らしい。そういえば、白装束のお遍路さんたちが数名、山門をくぐって行く姿も見えた。

橙子たちもその後に続くようにして山門をくぐり、由緒板を読む。

「聖武天皇の勅願により天平勝宝元年、良辨《りょうべん》僧正によって開基された歴朝の尊崇あつい由緒ある寺院である。西国巡礼十三番札所——云々」

とある。

「天平勝宝元年（七四九）といえば」橙子は驚く。「興福寺によって、猿沢池が造成された年です！」

「そうだね」誠也も頷いた。「しかし……直接は関係ないかも知れないけれど、何か縁はあるね、きっと」

橙子たちは、緑に囲まれて一直線に延びる長い参道を歩く。そして受付を済ませて境内に入ったのだが、

「おかしいな」手元の案内図に視線を落としながら、誠也が首を捻った。「どこにも、大友皇子の名前が載っていないぞ」

えっ、と思って橙子も覗き込んだが、確かに誠也の言う通りだった。紫式部関係のお堂や建物、松尾芭蕉の庵、鐘楼、毘沙門堂、大黒堂などの名前は見られるが、大友皇子の名前はない。

「確かにあるはずなんだけれど」誠也は首を捻る。「本堂まで行って、そこで尋ねよう」

橙子も「はい」と頷いて誠也の後に続く。

やがて、大黒堂や蓮如《れんにょ》堂を過ぎると、大きな岩が小山のように重なり合っている場所に出た。この岩は「石山寺硅灰石《けいかいせき》」という天然記念物で、この岩群の上に本堂が建てられていることから「石山寺」という名称がつけられたという。その前では、何組もの観光客たちが記念撮影していたが、二人は本堂へと急ぐ。

階段を上がるとそこには「本堂　幷《ならび》に　紫式部源氏の間」と書かれた駒札《こまふだ》が掲げられていた。そのまま進むと本堂の中は薄暗く、ひんやりと涼しい風が通っていてホッとする。中では大勢の人々に混じって、若い女性たちの姿も多く見える。やはりこの場所は、先ほどの観音霊場巡りの巡礼たちだけではなく、『源氏物語』ファンにとっても『聖地』らしい。

橙子たちも本尊にきちんと参拝し、紫式部の人形が飾られている「源氏の間」も覗いたが、今回の目的はこちらではない。

誠也は寺務員に、大友皇子をお祀りしている社を尋ねる。すると、若い寺務員は首を捻ったが、

後ろから作務衣姿でごま塩頭の寺務員が「ああ」と答えてくれた。

「ここから少し登った所にある、多宝塔《たほうとう》の先に祀られとりますよ」

「ありがとうございます」誠也は、ホッとした顔で礼を述べた。「案内図には載っていなかったので」

「新しいからね」

「ちなみに、何というお社ですか？」

「若宮です」

「若宮……」

思わず顔を見合わせる誠也と橙子の前で、寺務員はニッコリと微笑んだ。

「ようお参りに」


寺務員に挨拶して、二人は足早にそちらへと向かう。

芭蕉句碑や多宝塔を過ぎると、標高も上がったのか、瀬田川が流れる周囲の風景を綺麗に見下ろせた。

やがて緑の中に、ポツンと一間社流造《いっけんしゃながれづくり》の、真新しい小さな社が姿を現した。

これだ！

橙子たちは思わず駆け寄る。

社の横には、こんな駒札が立てられていた。

「　若宮
　　　　　　　建立平成十四年十二月十五日
祭神に天照皇大神を拝し
大友皇子（弘文天皇）を崇
壬申の乱の折、この地に葬られ
古来より寺僧により手厚く
密かに供養されてきました
三十八所権現社が親神に
当ります」

「これは……かなり謎の多い由緒書きだね」

誠也は眉根を寄せ、呟くように言った。

「まず、建立されたのが去年というけれど、この由緒によれば、すでに皇子はこの地に葬られていたというんだから、どこかに墓が存在していたはずだよね。でも、この石山寺が建立されたのは、先ほど見たように天平勝宝元年（七四九）、猿沢池造成の年と同じ。そして、大友皇子が壬申の乱に敗れて自害したのは、弘文二年（六七二）だ。それから、七十七年も経て寺が創建され、改めて祀り直されたということなんだろうか……」

この、と橙子も尋ねる。

「三十八所権現社、というのは何物なんですか？」

「神武天皇より始まって、三十八代目の天皇――つまり、天智までを祀っているんだろう」

「天智天皇……」

ああ、と誠也は言う。

「まず、誤解を避けるために言っておくと、この『若宮』という名称は、基本的には本殿の祭神の子、という意味で使われるんだ。但し、その多くはやはり、恨みを呑んで亡くなっている人――神を祀っているようだけどね」

「怨霊ということですか……」

「両方の意味で捉えておけば、間違いないよ」誠也は大きく嘆息すると、「じゃあ、そろそろ次に行こう」

橙子を促し――おそらく他にも見所がたくさんありそうだったが、今日はここまでにして――二人は石山寺を出た。

門前のタクシー乗り場で車を拾い、今度は石山寺駅へ。そこから、石山坂本線に二十分ほど乗って、そのまま三井寺に向かう。


こちらの電車は空いていたので、二人でゆったりと腰を下ろすと橙子は早速、誠也に壬申の乱の続きを促す。

誠也は「じゃあ、三井寺に到着するまでの間で、簡単に話してしまおう」と言ってノートを広げた。

「天智が崩御された翌年の弘文二年（六七二）――あるいは、天武元年――六月二十四日、ついに大海人は行動を開始したんだ。軍勢を率いて吉野を出発し、翌日には隠《なばり》、そして伊賀郡《いがのこおり》に入り、駅家《うまや》を焼いて参軍を呼びかけると、五百名もの兵士が大海人のもとに参集してきた。続いて、近江・大津宮を離れた長男の高市《たけち》と、伊賀国・積殖《つむえ》――柘植《つげ》で合流する。更に、伊勢国・鈴鹿《すずか》郡でも同様に、五百もの兵を集めた」

「地方の豪族や人々が、続々と天武天皇側についたということなんですね……」

「『書紀』の記述をもとにしていると、そうなるんだ」誠也は念を押してから続ける。「そして、二十六日には朝明《あさけ》郡――三重県三重郡の迹太川《とおかわ》――朝明川の畔《ほとり》で、天照大神を遥拝する。するとそこに、天武のもう一人の息子・大津皇子がやって来て、大海人は欣喜した」

「まさか、天照大神の御利益《ごりやく》というわけじゃないですよね」

もちろん、と誠也は頷く。

「松本清張も、

『大海人がこのとき「天照大神を望拝」したかどうかはすこぶるあやしい』

と言ってる。というのも、当時の伊勢神宮が信仰されていたことは間違いないにしても、まだ地元の人々の『共同信仰としての磯宮《いそみや》だった』といわれているからね。だから当然、現在ほどの規模はなかったわけだ。おそらく、当時の伊勢の豪族・度会《わたらい》氏と話をつけた、という意味なんじゃないかな。実際その後、伊勢神宮も大海人を援助したようだしね」

現実的には、そういうことだろう。

それを『書紀』は美しく書き表したわけだ。

「でも」と橙子は尋ねる。「その頃の、近江朝廷の様子はどうだったんですか？　高市皇子や大津皇子の動きがあるんですから、まさか大海人皇子の挙兵を知らないわけもないでしょう」

もろちん、と誠也は答えた。

「大騒ぎになったため、大友皇子は東国、飛鳥、吉備、筑紫、などに使者を遣わしたが、結局どこの国からも兵力を集めることができず、大友のもとに集まったのは、近隣からのごく少数の軍勢だけだった。しかも朝廷側では、皇位を継ぐのは大海人だろうと踏んだ大伴吹負《おおとものふけい》など、部下の裏切りに遭い、戦局はどんどん不利になっていく。そして、不破《ふわ》郡に至る直前に、尾張《おわり》国司・小子部鉏鉤《ちいさこべさひち》が、二万の軍隊を率いて現れ、そのまま大海人に帰属した」

「それじゃ、戦うまでもなく……」

「近江朝廷側は、最初からかなり不利だよね。この辺りの話は、後でしょう」と言うと誠也は続ける。「そしてついに、七月二日。大海人は全軍を二手に分けて進撃命令を下した。鈴鹿を越えて大和に向かう軍勢、不破から真っ直ぐに近江へと向かう軍勢。双方とも、数万だったといわれている」

「それは物凄い数ですね。敵味方、混乱しなかったんですか？」

「そのために大海人は、赤い布《きれ》を全員の衣服の上に着けさせたんだ」

「例の赤い布ですね。漢の高祖・劉邦」

うん、と頷くと誠也は続けた。

「それが効を奏したのか、美濃《みの》国の豪族・村国男依《むらくにのおより》たちが、連戦連勝の勢いで進撃を続けた。結果、七月二十二日。ここ滋賀の瀬田橋の戦いで、近江朝廷軍は大敗を喫した。翌日。大友皇子は大津宮を諦めて西に逃げようとしたが、大伴吹負の軍に行く手を遮られたため、逃げ場を失ってしまう。そこで、最後まで付き従っていた石上《いそのかみ》（物部《もののべ》）麻呂に看取られながら、自害することになる」

「確か、自ら首を吊ったんですよね」

顔をしかめながら言う橙子に、誠也は「ああ」と頷きながら『書紀』に視線を落とした。

「『是に、大友皇子、走《に》げて入らむ所無し。乃ち還りて山前《やまさき》に隠れて、自ら縊《くび》れぬ。時に左右《ひだりみぎ》の大臣《おおまえつきみ》及び群臣《まえつきみたち》、皆散《あら》け亡《う》せぬ』

と書かれている。但し、この『山前』に関しては、さまざまな場所が比定されていて、京都府乙訓郡だとか、それこそ今から行く三井寺が建てられた地だと」

「三井寺の地！」

そうだよ、と誠也は頷いた。

「三井寺は、大友皇子の子である、与多王《よたのおおきみ》が創建したと伝えられている。伴信友などは、三井寺の背後にある長等《ながら》山《やま》こそが『山前』の地ではないかと考えたんだ。その後、彼の考えに基づいて、三井寺境内の円墳の『亀岡』が、大友皇子の陵《みささぎ》とされた。となると、皇子は大津宮から殆ど他の地に出ていなかったことになる」

「近江大津宮は、三井寺からすぐ近くなんですね」

「大津宮の正確な場所は、まだ確定されていないんだ。何しろ、天智七年（六六七）に遷都されてから、わずか六年足らずで滅ぼされてしまったんだから。だから現在も、粟津《あわづ》や、穴太《あのう》など、いくつもの候補地が上がり、考古学的な調査が続けられている。時間があれば最後に、三井寺近くの『近江大津宮錦織《にしこおり》遺跡』にも寄ってみようと考えているんだ」

「それはどこに？」

「京阪大津京駅の隣駅、天智を祀っている近江神宮の近くだよ」

「大津京と、近江神宮！」

「その名前だけで確定はできないけど、かなり信憑性はあるんじゃないかと思ってる。現地からは、内裏の南門の物と思われる掘立柱建物跡も発見されているし、皇子山古墳群のすぐ近くだからね」

「皇子山古墳！」

　ただ、と誠也は念を押す。

「この古墳は、四世紀後半の物と考えられているから、埋葬者は今回の話とは関係ないんだが……確かに『皇子山』という名称は、引っかかる」

　誠也は笑いながら続けた。

「一方、岐阜県不破郡の関ヶ原町には、大友皇子の首級を葬ったという自害ヶ峯とよばれる丘陵があるんだ。検分された大友皇子の首が、地元の人々によってこの地に埋められ、目印として杉が三本植えられて、今も『自害ヶ峯の三本杉』として残っている。ちなみにこの場所は、関ヶ原の戦いで西軍を裏切った小早川秀秋《こばやかわひであき》が本陣をかまえた松尾山の麓で、西軍の大谷吉継《おおたによしつぐ》が自害をとげた場所の近くでもあるんだ。全くの偶然だろうけど」

「そうなんですね……」

「どちらにしても」誠也は言う。「大海人と対照的に、大友皇子は派手に外に討って出てはいない。いや、むしろ消極的だった。終始、後手後手に回って、最後まで守勢だったしね。でも『書紀』天武・上によると全く逆で、大海人は大友皇子の挑発が余りにも酷く、自分の身を護るために仕方なく立ち上がったと書かれている。ここだ」

誠也は『書紀』を読む。

「『然るに今、已むこと獲ずして、禍《わざわい》を承けむ。何《いかに》ぞ黙して身を亡さむや』

——（自分は療養しようとして身を引いたのに）今、避けられない禍を受けようとしている。もうこれ以上、黙ってはいられない——と、天武はあくまでも正当防衛を主張しているんだ」

でも、と橙子は尋ねた。

「結果として、近江朝廷の大友皇子側の対応は遅く、ずるずると負けてしまった」

「大友側の挙兵準備が整っていなかったという説もある。余りに急だったため、不十分で杜撰だったと。しかし大友側としても、通常の軍備は整えていただろう。何しろ『虎に翼を着けて野に放ってしまった』んだから」

「でも……あっさりと負けてしまった。何故でしょう？」

「それに関しては、大友皇子父の天智を理由に挙げる説があるんだ」

「天智天皇を？」

「きみは『白村江《はくそんこう》の戦い』を知っているだろう」

「え、ええ」橙子は頷く。「百済《くだら》を助けるために、中大兄皇子《なかのおおえ》——天智天皇の命で救援軍を送って、唐・新羅《しらぎ》の連合軍と戦ったけれど、歴史的大敗を喫してしまった……」

「天智二年（六六二）八月だね」誠也は頷く。「その時の様子を『書紀』は、

『須臾《とき》の際《ま》に官軍敗績《はいせき》し、水に赴きて溺死する者衆《おお》し。艫舳《へともめぐら》廻旋すを得ず』

——たちまちに日本軍は敗れた。溺死する者は多く、船の舳先をめぐらすことすらできないほどだった、と述べている」

誠也は、軽く嘆息する。

「この戦いに関する詳しい話は省略するけれど、とにかくその敗戦によって天智は、唐・新羅の日本侵攻を非常に恐れ、大宰府や瀬戸内海などに防衛線を敷いた。都を内陸の近江京に遷したのも、この敗戦のせいだったのではないかとまでいわれてる」

はい、と橙子は答えた。

「唐・新羅の攻撃から自分たちを護るために、ですか」

「想像に難くないが」誠也は眉根を寄せる。「そのため一般民衆は、非常に大きな負担を強いられた。水城《みずき》や山城《やましろ》も築かれ、防人《さきもり》たちも大勢、北部九州に送られた。命懸けなのに殆ど無報酬だった」

「酷い話です」

「だから、天智は庶民の支持を得られていなかった。当然、その後を継いだ大友皇子もそうだったろう、というのが一般的な説になっているんだ。これは、仕方ない話だね。そもそも、近江大津宮遷都もそうなんだ。中大兄皇子は筑紫から大海人皇子の盤踞する大和には戻れなくなったため近江に行った、という説まである」

「それはまた、随分極端な話じゃないんですか?」

「しかし、全くあり得なくはない。朝廷軍が勝機をしばしば失ってしまったのは、指揮官の能力もそうだったかも知れないけれど、軍団全体の戦意が低かったとも考えられる。というのも、朝廷軍の兵士の多くは、国司によって徴集された農民たちだったから」

「一般の人々は、天智天皇の専制に対して反感を抱いていたから、ということですね」

「そう。一方、天武を支持した勢力は中小豪族だったから、言うなれば大海人側は『地位と実力において劣っている氏族ばかりである』ということになるんだ」

「それが、近江朝廷に対する激しい反発力になったのかも知れないということですね」

しかし、と誠也は苦笑いする。

「そう単純にはいかないんだよ。松本清張も、それはかなり天武側の恣意的操作だと言ってる」

「恣意的な?」

うん、と誠也は言う。

「『壬申の乱直後に近江朝廷側の記録は、いっさい天武によって湮滅《いんめつ》させられたと考えたほうが単純ですっきりとする』ということだね」

「つまり」橙子も眉根を寄せて頷く。「いわゆる、勝者の歴史ですね」

「そうなんだ。特に今言ったような『書紀』の、

『時に左右大臣《ひだりみぎのおおまえつきみ》及び群臣《まえつきみたち》、皆散《あら》け亡《う》せぬ』

というような部分も、大友皇子の人望のなさを表そうとしていると思える。だから松本清張も、

『近江王朝の使者が吉備・筑紫からも援軍をことわられたというのは、近江方の「不人気」を書紀が強調するためらしい』

そして『書紀』は、近江方の資料を抹殺していると言っている。それは何故かといえば、前にも言ったように、天皇の地位にあった大友皇子——弘文天皇に戦いを挑んでいるからだ」

「いわゆる、大海人皇子のクーデターだと……」

そう、と誠也は首肯する。

「全てを詳細に記録してしまうと、

『大海人側の皇位簒奪が暴露してくる』

ために、近江朝廷側の証言に対しては、

『いっさい眼をふさがざるをえなかった』

というのも、

『記紀が書かれたのは、元明と元正のときだが、この両天皇とも天武系である。もって記紀の「編修態度」を知るべしだ』

その証拠として、

『書紀は、高市皇子による裁判で「近江の群臣の犯状を宣《の》べさせた」と書くが、その内容をまったく掲げてないではないか。その理由は天武の皇位簒奪をかくし「乱臣賊子」の悪名を避けるにある』

『他の者（中臣連金以外）をことごとく赦免したのは一見「寛大な処置」に見えるが、その底には、大海人が皇位を武力で奪ったという後ろめたさがあったのではあるまいか』

とね」

「それは……」

本当かも知れない。

というより、そう考えないと細かい辻褄が合わない。いくら代が変わっていたとしても、その関係者はまだ多く存命のはずだ。そんな状況の中で「真実」を書き残せるはずもない
納得する橙子の横で、誠也は更に言う。

「だからこそ、明治の一時期から太平洋戦争までの間、国定教科書から『壬申の乱』の文字が消えたんだ」

「教科書から？　どうして……ああ」橙子は頷いた。「天武が、自ら天皇の座に納まるために行った皇位簒奪の悪業を、歴史から隠そうとしたんですね」

「その通りだよ。教育上、有害無益と考えられた事実は削除されてしまったんだ」

つまり、と誠也は続けた。

「壬申の乱は間違いなく、天武天皇による弘文天皇の皇位簒奪——クーデターだったということになる。では、何故そのクーデターがあっさりと成功したのかといえば、それまでの天智天皇による圧政——とまではいかないものの、非常に無理な政策で、人々が疲弊していたからだ。それに加えて大きかったのは、大友皇子の母の出自だね」

「皇后でも女御でもなく、単なる『采女』だった……ということですね」

「天武の出自も怪しいけれど、大友皇子も正統な血筋とはいえない。だから、こんな無茶とも言えるクーデターが成功を収めたんじゃないか、というのが通説になってる」

「なるほど……」

「といっても」誠也は苦笑いする。「こういった『通説』を信じるなというのが、小余綾先生の

持説だけど」

「でも、今回は正しいんじゃないですか？　特に理論の破綻は見られないし」

と言ってみたものの、橙子の胸に一抹の不安が過ぎった。

何か見落としていないか。

とても大切なことを……。

俊輔に会えたら、采女の件と一緒に確認してみよう。

心の中で思った時、電車は三井寺駅に到着した。


三井寺の山門――大門《だいもん》までは、駅から琵琶湖疎水沿いの桜並木を歩いて、十分ほど。その間で、誠也が橙子にこの寺の概要を伝える。

寺の正式名称は「長等《ながら》山園城寺《さんおんじょうじ》」。創建は朱鳥元年（六八六）。

壬申の乱に敗れた大友皇子の子・大友村主《すぐり》与多王が、父の菩提を弔いたいと天武に訴え出た際に、自らの「荘園城邑《しょうえんじょうゆう》」、つまり田畑《でんぱた》屋敷《やしき》の全てを献上したことから、天武より「園城」という名称――勅額を賜ったことに由来している。

小説家で尼僧の瀬戸内寂聴《せとうちじゃくちょう》いわく、

「今でも、道を歩いているこの土地の人々は、園城寺といってもきょとんとしていて『三井寺』といい直すと『ああ』とうなずいてくれる」

というほど通り名が定着している「三井（御井）」のいわれは、天智・天武・持統《じとう》の三代の天皇が、この寺の霊水を産湯として用いたからということだが――。

「それは、後付けの伝説だろうね」誠也は言った。「昨日も言ったように、天武が『下層の遊民』だったとしたら、天智や持統と同じ産湯を使うことは、あり得ないから」

　それはそうだ。

　ということは、天武側の誰かがそんな伝承をこしらえたことになる。もともとは、ただの「御井」だったのではないか。

　頷く橙子に、誠也は続ける。

「またこの寺は、与多王の申し出を天武が快く受けたことから、大友と天武の『恩怨《おんえん》を超えて生まれた寺』ともいわれているんだけど、明らかに大友鎮魂のために創建された寺だね」

「そうですね」橙子は応える。「これも以前に小余綾先生がおっしゃっていましたけれど、怨霊鎮魂に最も効果的な方法は、恨みを呑んで亡くなったその人の子孫に祀らせることだって」

「その通りだと思う」

　誠也は橙子の意見に——歴史学研究者とは思えないほど——素直に同意した。

「その後」目の前に見えてきた大門を眺めながら、誠也は言う。「九世紀半ばには、智証《ちしょう》大師・円珍《えんちん》によって再興され、やがて比叡山延暦寺《ひえいざんえんりゃくじ》の別院となり、後に『山門』の延暦寺と『寺門』の三井寺に分裂し、比叡山門徒の何度にもわたる焼き討ちに遭ったり、三井寺の戒壇設立の約束を裏切られた阿闍梨《あじゃり》・頼豪《らいごう》が、白河《しらかわ》天皇の子を呪い殺したとか、八万四千匹の鼠に化けて比叡山を襲ったとか、波瀾万丈の歴史を紡いできているんだけれど……今回その話は、省略しよう」

　二人は、これもまた古く立派な山門の前に立った。

　徳川家康《とくがわいえやす》寄進によるものというこの三間一戸の山門は、入母屋《いりもや》檜皮葺《ひわだぶき》のどっしりとした屋根を載せ、門の両脇には運慶《うんけい》作と伝えられる大きな仁王像が安置されていた。

桜の季節ともなれば、門の周囲をピンクの花びらが小山のように飾るというから、間違いなく見事な光景だろう。

山門をくぐり、金堂《こんどう》へと向かう参道を歩きながら、

「結局」橙子は尋ねた。「大友皇子はこの地に、おそらく『怨霊』として鎮魂されているのに、でも、きちんと即位して天皇になっていたかどうかは、明らかではないんですね」

「そうだね」誠也は頷く。「可能性としては、三つ。

徳川光圀や伴信友や明治政府などの言うように、
一、大友は天智の死後、すぐに即位して、近江朝廷に七ヵ月在位していた。
また、坂本太郎や直木孝次郎や田中卓《たかし》らの言うように、
二、大友は即位こそしなかったが、近江朝廷の実力者だった」
「それは、小余綾先生の説に近い」

「でも、微妙に違うらしいよ」誠也は笑った。「今度、詳しくお尋ねするつもりだけどね——。

そして、喜田貞吉が言うように、
三、天智皇后・倭姫王《やまとひめのおおきみ》が即位した。
小余綾先生の説を除けば、大体こんな感じだね。とにかく『書紀』には、大友即位という文字が見当たらないから『書紀』を信奉する学者たちにしてみれば、絶対に即位は認められないということになる」

「逆にいえば、全く触れられていないということ自体が怪しいですよね」

「ぼくも、そう思ってるんだ。熊谷先生には絶対に内緒だけど」誠也は橙子を見て苦笑した。

「しかし、いかんせん大友の生母・伊賀采女宅子《いがのうねめやかこ》の身分が低すぎる。これでは、すんなりと即位はできなかったんじゃないかな……」

「そうですね」

橙子が顔を曇らせながら同意した時、参道は金堂の左側面に出た。つまり、ここから九十度右に折れなくては、金堂正面にたどり着くことができない。とても不思議な造りだ。どうして正面を山門側に造らなかったのだろう？

橙子が首を傾げながら歩いていると、金堂前の「三井の晩鐘《ばんしょう》」前に出た。この鐘は「瀬田《せた》の夕照」や「唐崎《からさき》の夜雨」などと共に、いわゆる「近江八景《おうみはっけい》」と呼ばれる名勝の一つで（橙子はもちろん知らないが）、昔の小学唱歌では、

「三井寺の鐘の音、澄み渡る夕暮れ……」

などと歌われていたらしい。

でも！

橙子にしてみれば、やはり能の「三井寺」だ。

世阿弥作ともいわれる四番目物——狂女物。

わが子と生き別れになってしまった女性が、清水寺《きよみずでら》の観音菩薩の夢告に従い、子に会いたい一心で、ここ三井寺までやって来る。

その日は、中秋の名月。

寺では皆が月見をしていたが、そこに物狂いとなった女性が姿を現して、どうしても鐘を撞か

せてくれと懇願し、無理矢理に住職の許可を得て鐘を撞く。その涼やかな音に、一人の稚児が狂女の出身を尋ねると、実はその女性こそが自分の母親であったことを知り、再び巡り会えた僥倖を、三井寺の鐘の功徳と感謝する――。


『月にや鐘は冴えぬらん』

『秋の夜すがら、月澄む三井寺の鐘ぞさやけき』


という、美しく趣のある能で、橙子も好きな演目の一つだ。

だから――これは誠也には内緒だったが――昨夜「近江」と聞いた瞬間、ぜひとも三井寺を訪れたいと思ったのだった。

いよいよ、金堂脇の鐘楼に近づく。

やはりそこには「近江八景、三井の晩鐘」と書かれた説明板があり、三井寺に伝わる悲しい龍神伝説などが記されていた。

しかも。

殆ど併設されている納経所に申し込めば、この鐘を撞かせてもらえるというではないか。

ここまでやって来て、鐘を撞かないで帰るという選択肢は存在しない。

橙子が誠也に伺いを立てると、誠也も「それは、ぜひ」と快く了承してくれたので、安心して撞かせてもらうことにした。そそくさと申し込みを終えると、高鳴る胸の鼓動を押さえながら、誠也と共に鐘楼に入る。

時代と歴史を感じさせる大きな鐘が、鐘楼に吊り下がっている。撞くのが畏れ多い気もしたが、橙子は撞木を静かに、しかし力を籠めて引くと鐘を撞く。生まれて初めての経験だったが、三井寺の鐘は優しく大きく、澄んだ音色で鳴ってくれ、橙子はその感動で思わず放心状態に陥ってしまった……。

我に返った橙子は、誠也と共に鐘楼を後にすると、金堂に向かう。ここには、天智天皇の念持《ねんじ》仏《ぶつ》だった弥勒《みろく》菩薩《ぼさつ》像が安置されているらしいのだが、完全に秘仏とされ、代々の座主《ざす》でさえ、拝むことが叶わないほどだそうだ。

金堂内はぐるりと一周できるというので、橙子たちはお堂に登る。暗い空間の中、秘仏が納められているという内陣は固く閉ざされていて、全く覗き見ることはできないが、後陣にまわると、壁に沿って、ずらりと多種多様の仏像群が安置されていた。まるで内陣を守護するように。

金堂を後にすると、二人は「三井の霊泉」こと「閼伽井屋《あかい》」へ。この「閼伽井」というのは、仏前に供える水を汲む泉や井戸のことだ。そこは、桁行三間・梁間二間の小さな建物だったが、先ほどの誠也の説明通り、

「天智、天武、持統三帝御降誕の時、この井水を取って産湯とし玉体を祝浴された。よって〝御《み》井《い》〟と云ふ――云々」

という説明書きが、霊泉を取り囲む格子に掛かっていた。また、微かに覗き見ることができる

龍の彫刻は、左甚五郎《ひだりじんごろう》作だそうで、昔この龍が、夜な夜なこの場所を離れて琵琶湖に行っては暴れていたため、甚五郎が自ら龍の目玉に釘を打った――とも書かれていた。

実にさまざまな伝承を持っている寺だ。

更に歩いて行くと、今度は「弁慶鐘」「弁慶の引摺り鐘」と書かれた大きな立て看板が目に入った。

「霊鐘堂」だそうだ。

今度は、源平好きの誠也の目が輝く。

堂の中に入ると、なるほど大きな鐘がドンと中央に安置されていた。もちろん、吊られてはいない。説明書きを読むと、この鐘の作成は奈良時代。重量二千二百五十キロ。高さ百九十九センチだそうだ。「引摺り鐘」というからには、弁慶がこれを引きずったんだろうと思っていると、何と、この寺から比叡山の山上まで引きずり上げたのだという。伝説としても物凄い。

結局弁慶は、この鐘を谷底へ投げ捨ててしまったようなのだが、確かに鐘の表面には無数の傷が刻まれていた。その後、鐘はこうして三井寺に戻り、凶事が迫ると教えてくれる守り神となったという――。

誠也はこの鐘や、弁慶が携帯していたという大きな鉄の鍋などを写真に収め、二人はお堂を後にする。その後、孔雀《くじゃく》明王にちなんだ孔雀舎や、三重塔、鬼子母神《きしぼじん》の「護法善神堂」、「日本三不動《ふどう》」の一つ、いわゆる「黄《き》不動尊」が祀られている微妙《びみょう》寺や、頼豪の「ねずみの宮」などを過ぎて、観音堂まで歩いた。

ここには、観月舞台があり、その名の通り月の名所といわれている。すぐ近くにも鐘楼がある

から、

『桂《かつら》は実る、三五の暮《くれ》』

——月は満ちる、三五＝十五夜の夜。

『名高き月に憧れて』

と能「三井寺」で、中秋の名月に狂女がやって来て撞いたのは、こちらの鐘だったのかも知れないけれど、橙子は先ほどの鐘撞きで充分に満足。

二人は、辺りの景色を堪能すると表坂を下って、琵琶湖疎水を囲む桜並木の道に出た。

次に向かう弘文天皇陵は、ここから歩いても行かれないことはないが二十分ほどの「森林浴ハイキングコース」になっているらしい。気候の良い季節ならともかく、もうすでに気温が上昇してきているし、ハイキングを楽しみに来たわけではないので、たった一駅だけど京阪に乗ることにしたのだ。

「でも……」歩きながら橙子は言った。「もちろん、当初の大きさは分かりませんけど、今見てきたようにこれだけ立派な寺院を建てられるということは、やはり大友皇子は人々からも慕われていたんでしょうね」

「与多王が」誠也は答える。「自らの『荘園城邑』を全て注ぎ込んだというんだから、創建時もかなり壮大な規模だったんじゃないかな。そうなれば、やはり大友皇子は『帝』——天皇だったんじゃないかと確信したよ。即位云々は別としても、当時は少なくとも日本のトップにいた」

「それなのに、天武天皇に『皇位簒奪』されてしまった。だから、その鎮魂の意味も含めて、これほど大きな寺院を建立した……」

橙子は納得したが、

「えっ」

「実は」と誠也は眉根を寄せた。「それだけじゃないんだ」

「石山寺の『若宮』を見て、確信した」

「というと?」

うん、と誠也は頷く。

「これも小余綾先生に訊いてみたい部分なんだけど、殆ど全ての『若宮』は怨霊を祀っていると言ったろう」

そう言われれば春日大社の「若宮」は、本社と同格なほどの扱いを受けていて、「おん祭」といえば、若宮の祭を指しているという。きっと、春日大社にとって重要な「怨霊」が祀られているに違いない。

石山寺の「若宮」に祀られている大友皇子も、怨霊である可能性はかなり高い。

「というのも」誠也は続ける。「大友皇子が、大切に祀られる『怨霊』となった可能性——理由が、まだあるからなんだ」

「それは?」

「多分、暗殺されてる」

「暗殺って！」橙子は息を呑む。「だって、自分で首を吊った――」

「そう言われているけどね。だから松本清張も、

『天皇ははたして「自経」だったのか。大海人軍の部隊がその行方を捜し出して捕え、殺害したのではないだろうか』

『だがそれは皇位簒奪につながるから、書紀はそうは書けず、「自経」にしたとわたしは考えている』

という」

「大海人軍に……」

「ところがまた、それ以前に殺されてしまったのではないかという説もあるんだ」

「一体、誰にですか！」

「それはもちろん、最期を看取ったとされている人物――石上（物部）麻呂に」

「え……」

「これに関しては、民俗学者の吉野《よしの》裕子《ひろこ》が、こう言っている。

『彼（物部麻呂）は従者として最後まで大友皇子に従っていたが、敗戦の混乱に乗じて皇子を殺害し、その首級を大海人軍にさし出したのである』

『かつて守屋滅亡後の物部一族は、常に権力者の手先となって、謀略の片棒をかついで来た。こうした一族の体質を麻呂も受け継いでいる』

とね」

「そんな……」

「また、日本古代史学者の瀧浪貞子《たきなみさだこ》も、

『大友皇子が自害したとき、一、二人の舎人とともにただ一人付き従っていた物部連《むらじ》麻呂にいたっては、赦されたあと遣新羅大使となり、文武朝以降は政治の中枢に携わり、左大臣にまで昇り詰めている』

ことが不可解という。事実、麻呂は乱後、七十七歳で死去するまで政治の中枢の座を占めていたし、最後は太政官――最高位にまで昇りつめた。天武の敵の大友皇子に最後まで付き従っていた人物がね」

「確かに――」

おかしい。

通常ならば、そんな人物は間違いなく処刑されているはず。

「だから小林惠子も、

『大友皇子は敗走途上、大友皇子に近侍していた高市皇子の忠臣、物部麻呂に殺された』

と、はっきり断定しているんだ。つまり、大友皇子は、ずっと自分に従っていたと思っていた人物に裏切られ、暗殺された」

「だからこそ大友皇子は怨霊になり、天武天皇も、彼を祀るための壮大な寺院の建立を許したんですね。『恩怨を超え』たわけではなく！」

「そういうことだろうね」

「ああ……」

橙子は絶句したが――。

そうであればこそ、皇子は石山寺の「若宮」に祀られ、怨霊封じのために「園城寺」も建てられたのだ。

　となると――。

　基本的に能は、怨霊鎮魂。すると、能「三井寺」も鎮魂なのか。ストーリー的には、大友皇子とは余り関係ないような気もするけれど、もしも作者が世阿弥だとすれば、何か仕掛けているのかも知れない。改めてもう一度、詞章に目を通してみよう……。


　二人は三井寺駅から京阪に乗り、あっという間に次の駅、大津市役所前に到着すると、弘文天皇陵は、ここからすぐ。目の前に建つ、大津市役所の真裏だそうだ。

　しかし誠也は、市役所を左手に見ながら、京阪線路沿いの道を北に向かって歩き出した。どこへ行くのかと尋ねると、この先のT字路を左折するのだという。

「その先に」誠也は言った。「三井寺北院《ほくいん》の『新羅《しんら》善神《ぜんしん》堂』という寺院があるんだ。北院といっても、何かがあるわけじゃないし、今は一続《ひとつづ》きの境内になっていない。日本美術にとても貢献したフェノロサの墓がある法明院《ほうみょういん》や、八幡太郎義家《はちまんたろうよしいえ》の弟の、新羅三郎義光《しんらさぶろうよしみつ》の墓があるくらいでね」

　でも、と橙子は首を傾げた。

「新羅《しんら》――って、当然、新羅《しらぎ》のことですよね」

「もちろん」

「変じゃないですか」

「というと？」

「天智天皇は、百済を応援していたんですよね。そうしたら、大友皇子も百済側で、新羅は高句《こうく》麗《り》と共に、彼らの敵でしょう」

実は、と誠也は顔を曇らせた。

「そうなんだよ。だから、どうしてここ——三井寺の境内に『新羅』が存在しているのかは、謎なんだ。だから誰もが『謎の新羅善神堂』と呼ぶんだよ」


やがて橙子たちは、雑木林の中を延びる一本の道を歩いていた。

誠也も実際に訪れるのは初めてのようで、周りをキョロキョロ見回しながら頼りなげに歩く。

このまま行って、本当にたどり着けるのだろうかと不安になった時、左手に、

「弘文天皇陵　長等山前陵」


と書かれた宮内庁の立板と、その反対側に白い石の鳥居が見えた。左手が弘文天皇陵、右手の先に新羅善神堂が鎮座しているらしい。

橙子たちは、まず左手の弘文天皇陵にご挨拶する。こちらの参道も、測ったように直角に折れている。石の瑞垣が、ぐるりと周囲を堅めている静謐な空間に建つ白い神明鳥居の向こうに鎮まられている（であろう）大友皇子に参拝すると、二人は参道を戻り、今度は新羅善神堂に向かう。

こちらは更に、雑木林の中だった。

殆ど人の手が入っていないのではないかとも思える道を、橙子たちは進む。

やがて目の前に明るい空間が開け、遥か向こうに三間社流造《さんげんしゃながれづくり》檜皮葺の、まるで神社かと見紛うばかりのお堂が見えた。新羅善神堂だ。

辺りは、ひっそりと静まりかえり、もちろん橙子たち以外の人の気配はない。お堂の前面に建てられた駒札《こまふだ》――由緒書きによれば、現在の社殿（お堂）は、貞和《じょうわ》三年（一三四七）、足利尊氏《あしかがたかうじ》再興によるものらしい。堂内には、国宝・新羅明神坐像が祀られているということだが、もちろんここからでは、全く窺い見ることもできない。

橙子は境内――ポカリと空いた緑の空間――を歩きながら思う。

確かにここも謎の多いお堂だけれど、やはり最大の謎は、親百済と思われる大友皇子の陵の側に「新羅」が鎮座していることだ。これも改めてゆっくり考える必要がある……。

帰り道で運良くタクシーを捕まえられたので、二人は「近江大津京錦織遺跡」を見学に行った。そこは、発見された地層や建物跡の規模などから、大津宮の有力な跡地と考えられているようだったが、現在は、いくつかの説明板や石碑が建てられているだけの広場となっていた。

爽やかに何もない広々とした空間が、かえって寂しさを感じさせる。諸行無常の歴史ということなのだろうか……。

「さて」待ってもらっていたタクシーに戻ると、誠也は言った。「一旦、大津まで戻って、昼食を摂ろう。そして、どこか気になるところがあれば、まだもう少しまわろう」

はい、と橙子は頷きながら、地元誌を片手に尋ねる。

「ひょっとして大友皇子は――母親は『伊賀』だったわけですけど――この辺りと深い関係があ

ったんでしょうか？　この近辺には、大友という地名も数多く残っていますし、いわゆる『六歌《ろっか》仙《せん》』の一人、大伴黒主《おおとものくろぬし》を祀る神社もあるようですから」

「この辺りには昔、大友村主《すぐり》を名乗る渡来人が、多く盤踞していたというからね。事実こうして弘文天皇――大友皇子の陵があるんだから、当然、彼らとは深いつながりがあったんだろう。但し……黒主に関しては、全くと言って良いほど出自が不明だから、何とも言えない。しかし、黒主個人を祀る神社が建てられているとすれば、もちろん無関係とはいえないだろうけどね」

そういうことだろう。

ちなみに黒主は、小野小町《おののこまち》や在原業平《ありわらのなりひら》と並ぶ「六歌仙」の一人と言われながら、定家の「百人一首」には選ばれていないし、現在まで残っている歌を見ても、これといって素晴らしいとは思えない。能「志賀《しが》」にも、能・歌舞伎になっている「草紙《そうし》洗小町」にも登場するが、こちらは余り良く描かれてはいない。

実に不思議な人物だ――。

「また」誠也は言う。「直木孝次郎も、その人物名と地名に共通点があったとしても、必ずしもその人物がその地と深い関係にあったとはいえないと言ってる。『人名は、養育に関わった氏族名による場合はあるが、地名による場合はまれなのである』とね」

「養育に関わった……」

「でも、この辺りに関して言えば、やはり大友村主の土地だったわけだから、彼とは大いに関係があったんだろうけどね」

そうだ。

大友皇子に関係があったといえば――。

橙子は、先日の三郷美波との会話を思い出す。

〝彼女は、乱に敗れた大友皇子の正妃で、しかも乱の六年後に宮中で突然死している〟

〝自殺とも暗殺ともいわれているわ〟


そこで橙子は誠也に、十市皇女《とおちのひめみこ》について尋ねる。三郷によれば、何かとても不幸な亡くなり方をしている……。

「うん」と誠也は頷いた。「十市皇女は天武の第一皇女で、母親はあの有名な額田王。血筋から見れば、文句なく『止事無き《やんごとな》』貴婦人だね。その皇女が大友皇子の妃になったんだけれど、しかしこれも『書紀』に、きちんと記されているわけじゃない。というより、そもそも彼女に関しては、いつ生まれて、いつ大友皇子に嫁いで、いつ大友皇子との間に皇子を生んだのかさえ、はっきりしていない、実に謎の多い女性なんだ」

「亡くなった時のことも？」

「それに関しては」誠也は『書紀』をパラリとめくった。「天武天皇七年の条に、

『十市皇女、卒然《にわか》に病発《やまいおこ》りて、宮中《みやのうち》に薨《みう》せぬ』

と、そっけなく書かれているだけなんだ」

「天武天皇と額田王との間の皇女で、しかも大友皇子妃なのに！」

「そうなんだよ」誠也は首肯する。「それどころか、埋葬された場所も確定されていない。一説では、新薬師寺——新、といっても現在の薬師寺より創建が古いという寺——の横にある『比賣《ひめ》神社』がそうだという。事実、その社の祭神は十市皇女と、はっきり記されているしね。あるいはまた、その比賣神社近くに鎮座している『赤穂《あかぼ》神社』がそうではないかとも言われてる。というのも『書紀』に『十市皇女を、赤穂に葬った』という一文が見えるからなんだ」

「それだけ……」

「この神社は、昔はとても広大な敷地を持っていたようだけれど、今は近くを歩いていても見落としてしまいそうになるほど、小さな社のようだね」

「それで」橙子は頷きながらも尋ねる。「結局、皇女の死因は？」

「自殺説と、暗殺説がある」

「やはり……」

「直木孝次郎や、北山茂夫《きたやましげお》によれば、皇女は大友皇子が敗死してしまった後、天武皇子の高市皇《たけち》子から激しく求愛され、それに悩んで自殺したのではないかという。もちろん、そんな史料や文献は何も残っていないけどね。またあるいは、天武への抗議の自殺だったのではないかという説もある。何度も言うように、大友皇子が——正式な即位は別としても——この国の帝であったとするなら、夫からの皇位簒奪を犯した父への抗議だったと」

「では、暗殺は？」

「十市皇女が突然亡くなったのは、伊勢に斎宮《さいぐう》として行った約三年後の天武六年（六七八）、あるいは天武七年（六七九）といわれてる。そこで小林惠子は、こう推理してるんだ。『十市皇女本人が伊勢から帰ったという記録はないから、十市皇女が没した宮中とは伊勢神宮をいうのだろう。伊勢神宮に追放されたまま十市皇女は劇的な死を遂げたのである』

『天武天皇が命じて十市皇女を毒殺させたのである』

とね。そしてその理由は、

『高市皇子を簡単に殺すことはできない。そこで天武天皇は怒りの矛先を、高市皇子を恋する自分の娘の十市皇女に向けたのではないか』

「そんな……」

「動機に関しては、ぼくも少し疑問なんだ。というのも、高市皇子の方が、十市皇女に対する思いが強かったように感じる。実際に、高市が十市の死を悼む歌が『万葉集』に三首も載っているんだ。

山振《やまぶき》の立ち儀《よそ》ひたる山清水
　酌《く》みに行かめど道の知らなく

——やまぶきの花が立ちふさがっている山の清水に（やまぶきの黄に山清水＝泉で黄泉《よみ》、あの世を表す）水を汲みに行こうと思うが、あの世のことなので、道がわからない。

などなどね。しかし」

誠也は軽く嘆息した。

「どちらにしても、結果としては同じだろうけど」

「それが本当ならば、酷すぎます」

そうだね、と誠也は頷きながら言う。

「ただ、十市皇女の評判は芳しくなかった。『扶桑略記』にも、余り良くは書かれていない。というのも瀧浪貞子の言うように、その理由としては、

『十市皇女が夫大友皇子と最期をともにしなかったことに原因があるように、わたくしは思う。これ以前の山背大兄王や古人大兄皇子の場合からも明らかなように、事件後、そのキサキは処罰されるか後追い自殺することが多かった』

ということだろう」

「確かにそれはそうでしょうけど、でも……」

釈然としない橙子を見て、誠也は言う。

「遠山美都男も、十市皇女は父の天武に命ぜられるまま、従兄弟である大友に嫁ぎ、壬申の乱で夫を亡くした数年後に自殺、あるいは父・天武によって暗殺されてしまうという、

『運命にもてあそばれた薄幸の佳人というイメージが鮮烈である』

と言っている。だから当時の人々にしてみれば十市皇女の死は、かなり衝撃的な出来事だったと思うよ」

「そうでしょうね……」

橙子が同意した時、車は大津駅に到着し、二人はタクシーを降りた。歩きながら誠也は、

「十市皇女で思い出したんだけど」と口を開いた。「彼女と『春日』は、縁がなくもない。これ

は全くの偶然だと思うけれど」

「えっ。どういうことですか？」

「十市皇女という名前は、十市県主《とおちのあがたぬし》が彼女の養育係だったからというのが一般的だ。そして十市県は、孝昭《こうしょう》天皇の時代以前は、春日県《かすがのあがた》とよばれていたという」

「春日県！」

「だから十市皇女は、春日（和邇《わに》）氏と、何らかの関係を持っていたろうね。そもそも、春日氏は大海人皇子とも関係があったと言われているし」

「なるほど……」

　橙子が頷いた時、

「そうだ」と誠也は携帯を取り出した。「ダメもとで、もう一度小余綾先生に電話してみよう。疑問だらけで、頭の中がパンクしてしまいそうだから」

「私も同じです」

　苦笑いする橙子の前で、誠也は俊輔の番号をプッシュする。

　すると、

「もしもし」

　という声が聞こえた。

　誠也の驚く顔を見て、橙子も胸がドクン、と弾んだ。

「先生！」誠也は携帯に向かって叫んだ。「い、今、ちょっとよろしいでしょうか」

「ああ、良いよ」

俊輔の静かな声が漏れ聞こえる。

誠也と橙子は、駅近くの小さな公園に移動する。そこで、昨日から始まった今までの一連の出来事を簡潔に伝えた。そして現在、橙子と二人で大津までやって来ていることも。

橙子も「ぜひ！」と言って、誠也に携帯を代わってもらう。

「先生！」

叫ぶ橙子の耳に「やあ。久しぶり」という俊輔の落ち着いた声が届くと、なぜか涙が出そうになる。

橙子は感情の昂ぶりを押さえながら、采女祭から始まった長い話を俊輔に伝えた。

たったそれだけで、胸のつかえが綺麗に取れた気がした。一人で背負っていた重い荷物を、ようやく肩から下ろした感じ。

しかし、最後に橙子は照れ笑いする。

「でも、堀越さんと私では、追っているものが『藤原氏』と『壬申の乱』と『采女祭』なので――藤原氏と壬申の乱は関係あるとしても――特に『采女祭』は全く無関係なんですけれど」

すると、

「いいや」と俊輔は真面目な声で応える。「決してそんなことはない」

「えっ」

「これは偶然かもしれないが、殆ど同じものを追っている」

「は？」

「殆ど――という表現は正確ではないな。特に『壬申の乱』と『采女祭』は、本質的に全く同じものだよ、表と裏というだけで」

「どういうことですか！」

「言葉通りだ」

「そんなっ。いえ、確かに大友皇子の母親は采女で——」

「そういう意味じゃない」俊輔はあっさりと言う。「話が長くなるな。改めようか。申し訳ないが、堀越くんに代わってもらえないか」

「は、はい……」

狐につままれたような顔で、橙子は誠也に携帯を返す。

誠也は、

「はい。承知しました」と答えた。どうやら約束を取りつけたらしい。「では、失礼します。ありがとうございました」

と言って電話を切ると、一つ深呼吸して橙子を見た。

「先生が、明日の夕方、時間が取れれば三人で食事でもしよう、と」

橙子の胸が、再び大きく跳ね上がる。

「わ、私もご一緒してよろしいんですかっ」

「先生が、そうおっしゃった」

「ありがとうございます！」

予定表など見るまでもない。たとえ何かが入っていても、全てキャンセルの一択。

「それで」と誠也が尋ねてきた。「最後に、きみと先生はどんな話を？」

そこで橙子は、追ってきたテーマ「壬申の乱」と「采女祭」の件は、表と裏というだけで「全く同じ」だと言われたと告げた。

「全く同じって」誠也は顔を歪める。「どこが？」

「さあ……」

「そもそも、時代が全然違う。百年近く」

「そうですよね……」

「どういう意味なんだ？」

「想像もつきません……」

　肩を竦める橙子を見ながら、

「ぼくはこのまま東京に帰る。すぐに戻って、きみとの話も含めて今までのことを整理する。明日、小余綾先生にお会いするまでにね」

　誠也は真剣な顔で橙子に謝った。

「昼食も一緒にできなくて申し訳ないけど、明日の夕方、また会おう。詳しい時間と場所は改めて連絡するから」

「はい」橙子はニッコリと微笑んだ。「私も帰ります」

「えっ」

「私こそ、もう一度全部見直して整理しておかないと。あと、お昼は心配いりません。新幹線の中で食べましょう」

「え？」

「京都駅に、とっても美味しいお弁当を売っているお店があります。こちらに来るたび、そこで買うんです。良かったら堀越さんも、ぜひ」

橙子は足早に改札に向かい、誠也を振り向いて微笑んだ。

「う、うん。そうしよう」

誠也は頷き、二人は大津駅の改札をくぐった。

《九月十五日（月）友引　臥待月《ふしまち》》

よく弔《とむら》はせ給へやとて、
また波に入りにけり、また波の底に入りにけり。

橙子たち三人は午後六時に、四ツ谷駅から少し離れた裏通りにある台湾料理店で待ち合わせた。橙子は、仲の良い友人同士の旅行か、初めてのデート前夜の少女のように、昨夜はまどろみはするものの良く眠れず、結局早朝に起き出して資料に目を通していた。

だから何となく眠いけれど、今夜は徹底的に俊輔につき合うし、可能な限りこちらにもつき合ってもらうつもり。徹夜も辞さない。仕事抜きで、聞きたいことが山のようにある。

覚悟を決めて店に入ると、すでに誠也が席に座り、テーブルの上に広げたノートに真剣な視線を落としていた。

おそらく彼も、橙子と同じ決心をしていそうだ。

お互いに挨拶して二言三言会話していると、やがて入口のドアが開いて、グレーのスーツ姿の俊輔が姿を現した。今年四十五歳とは思えないほど落ち着いた雰囲気。

「先生！」橙子は椅子を蹴って立ち上がると、手を挙げて呼ぶ。「こちらですっ」

その姿を見て、俊輔は案内に出向いた店員を軽く制すと、橙子たちのもとにやって来た。

以前に会った時より少し痩せたのではないか。少し心配になる。

しかし、

「久しぶりだね」俊輔は、橙子に笑いかける。「元気そうで何よりだ」

「ありがとうございます。先生こそ、お元気そうで！」

橙子が言って俊輔が二人の前に腰を下ろすと、早速生ビールを注文して乾杯する。それだけで充分幸せになれるのだが、更に食べ物を頼む。腸詰め、酢豚、焼きビーフン、鶏とカシューナッツ、そしてバーワン。

今日は俊輔の話がメインなので、取りあえずこんなところ。

「では」と言って、冷たいビールで喉を潤した誠也が口を開いた。「昨日までのところを、改めてきちんとご説明します」

そう言うと、電話では伝えきれなかった細かい点を話し、俊輔は生ビールのグラスを傾けながら目を細めて聞いていた。

誠也の話が終わると、今度は橙子。

もう一度「采女祭」の話を中心に、俊輔の言葉を思い出して春日大社まで足を運んだことなどを細かく報告した。

それを聞きながら、早くも一杯目の生ビールを空けてしまった俊輔は、お代わりを注文しながら橙子たちを見た。

「なるほどね。なかなか、素晴らしい調査だったじゃないか」

「しかし」誠也が意気込みながら尋ねる。「『壬申の乱』と『采女祭』が『同じ』というのは、どういう意味なんですか。昨日からずっと考えているんですけれど、全く分かりません」

そうかね、と俊輔は微笑む。

「そういえば最近、きみの研究室の熊谷教授とお目にかかる機会があってね」

「は……」

「その際に、こんな話をしたんだ。鬼や妖怪について」

「鬼や、妖怪ですか。熊谷先生と？」

「うん」

と答えて俊輔は口を開いた——。


「鬼や怨霊や妖怪などというものは」熊谷は、いきなり笑った。「単なる想像上の『モノ』に過ぎない。ということは、我々の生きている世界と全く関係ない次元で存在している。これは歴史学・民俗学を問わず、学問世界の共通認識だ。先日、ある民俗学教授にお目にかかったが、彼も本心ではその存在を信じていないと言っていた」

「確かに」俊輔は答えた。「そんなことをおっしゃっている高名な民俗学の先生も、いらっしゃるようですね」

「そこをきちんと弁《わきま》えているから高名なんだろうな」

「弁えていないと、我々のようになると？」

「ということは、きみたちは本気で鬼や妖怪の存在を信じているのか」

「もちろんです」

「まるで、夢見る少女のようだな。実にピュアな心で結構だが、学問の邪魔でもある」

ありがとうございます、と俊輔も笑った。

「しかし、そう言い切ってしまうことは非常に危ういですよ、教授」

「どうしてだ」

「当時の朝廷によって虐げられてきた人々の存在を、全否定してしまうことになるからです」

「なんだと？」

「たとえば――。昔の人々は伊勢参りの際、五十鈴《いすず》川に架かる宇治橋を渡る時に、河原に住んでいる『河童』たちに、賽銭や食べ物を投げ与える習慣があったといいます。もちろん、この『河童』というのは、文字通り、河原で生活していた身寄りのない童《わらべ》たちだったのでしょう。しかし『河童』の実在を否定してしまうと、こういった参拝者たちの優しさが無になる――彼らの憐憫まで否定してしまうことになります」

「バカを言うな。河童ではなく、素直に『河原に住む童』たちと言えば良いだけのことだ」

「しかし朝廷は、彼らを『河童』『土蜘蛛』と呼び、文書の中にも『河童』『土蜘蛛』と残る。その結果『朝廷から虐げられて、河原に住む童』とか『住む場所を無理矢理に奪われて、地べたで暮らす人々』などは、どこにも存在しなくなっているんです」

「ではきみは、その『河童』や『土蜘蛛』はともかくとして、他の鬼や妖怪や怨霊が、古都を歩いていたとでも言うのかね。百鬼夜行《ひゃっきやぎょう》が、実際にあったとでも？」

「はい」俊輔は涼しい顔で首肯した。「もちろんです」

「話にならん」

「事実です。だからこそ朝廷は、そこに差別や人間の選別があったことを隠そうとした。では、どうするのが手っ取り早いか？　実に簡単なことです。その歴史そのものを『無かったこと』にする。自分たちが彼らを『鬼』や『河童』や『土蜘蛛』や『蛇』、そして『怨霊』などと呼んで虐げていた過去の全てを『無かったこと』『想像の産物』にしてしまえば良い。もっと言えば、高名な先生がそこに共鳴してくれれば話は早い。これらの妖怪たちは、あくまでも人々の想像上のモノや自然現象にすぎないんだと。あとは、噂の風化を待つだけだ。単純な話です——」

「それで」誠也は恐る恐る尋ねた。「熊谷先生は、何と？」

「そのまま無言で去って行ってしまわれた」俊輔は笑った。「どうも、ぼくの説明力が足りなかったらしい」

「そんなことはありません」誠也はあわてて否定する。「熊谷先生は、ああいう方ですから仕方ないです」

「まあ、どちらにしても」俊輔は言う。「残念なことに、今言ったような朝廷の作戦が功を奏して、歴史が徐々に塗り潰されていってしまった。その結果として、以前に加藤くんにも言ったように、春日大社の本質——存在意義も分からなくなってしまった」

「それです！」橙子は叫ぶ。「堀越さんともお話ししたんですけれど——」

「すみません。ぼくも、分かりませんでした」誠也も正直に同意した。「藤原氏の氏神を祀っている、氏族の繁栄を言祝ぐ、という程度で」

「それは間違っていないよ」俊輔は微笑む。「あくまでも結果としてだけれどもね」

「……とおっしゃると？」

しかし、と俊輔は言った。

「今夜はまず、壬申の乱――大友皇子の話からいこうか。順番がある」

春日大社や采女祭と壬申の乱の大友皇子とが、どんな順番で並んでいるのか、橙子には全く想像もつかなかったが……俊輔がそう言うのなら、きっとその通りなんだろう。

そう思って、誠也と顔を見合わせながら「はい」と二人で頷いた。

「大友皇子は」俊輔は口を開く。「歴史上で言われている以上に、悲惨な人生を歩んだことは知っているね」

「ええ」

誠也が答える。

大友皇子は壬申の乱の戦いに敗れただけではなく、最後まで自分につき従っていたと思われた物部麻呂に暗殺されたようだ。もしもそれが本当であれば、間違いなく怨霊になっていただろう、と。すると、

「もう一つ」俊輔は言った。「彼が怨霊になっても全くおかしくはない理由がある」

「えっ」誠也は身を乗り出す。「それは！」

「少し長くなってしまうが」俊輔は手元から『書紀』を取り出し、開いて読み上げた。

「天智天皇七年の条だ。

『二月の丙辰の朔戊寅《つちのえとらのひ》に、古人大兄皇子の女《みむすめ》倭姫王を立てて、皇后《きさき》とす。遂《つい》に四《よはしら》の嬪《みめ》を納《めしい》る。蘇我山田石川麻呂《まろ》大臣《おおまえつきみ》の女《むすめ》有り、遠智娘《おちのいらつめ》と曰《い》ふ。一《ひとり》の男《ひこみこ》・二《ふたり》の女《ひめみこ》を生めり。其の一《ひとり》を大田皇女《おおたのひめみこ》と曰す。其の二《ふたり》を鸕野《うのの》皇女と曰す』――。

この『鸕野皇女』というのは、もちろん後の持統《じとう》天皇のことだね。そこから更に延々と続き、その他、宮人《めしおみな》、つまり後宮の女官で、男女の子を生んだ者は四人あったとして、具体的に名前が書かれている。そして最後に、

『伊賀采女宅子《やかこ》娘有り、伊賀皇子を生めり。後の字《みな》を大友皇子と曰す』

とある」

俊輔は二人を見た。

「きちんと高貴な女性順に書かれているんだ。そして、大友皇子の母であった伊賀采女宅子娘は、最後に記されている」

つまり、と誠也は頷いた。

「大友皇子の母は、それほど低い地位にあったということですね。ゆえに、大友皇子も。だから多くの人たちも本来であれば、あのような地位――近江朝廷のトップにはなれないと言った」

そうだね、と俊輔は誠也を見た。

「皇子が、本当に伊賀采女宅子の子であったとしたらね」

は？　と誠也は箸を落としそうになる。

「どういう意味ですか。違うんですか？」

「もちろん」俊輔は笑った。「ぼくは、違うと思っている」

「なぜ？」

唖然とする誠也を見て、俊輔は『書紀』をパラリとめくる。

「天武天皇元年の条だ。乱を起こした後に大海人は、

『即《すなわ》ち急《すみやか》に行《みた》して伊賀郡《いがのこおり》に到りて、伊賀駅家《うまや》を焚《や》く。伊賀の中山に逮《いた》りて、当国《そのくに》の郡司《こおりのみやつこ》等《たち》、数百《あまた》の衆《いくさ》を率《い》て帰《よ》りまつる』


どうだい。常識的に考えて、おかしくはないか」

「えっ」

「もしかして……」橙子が小声で尋ねる。「伊賀——だからですか。そこは、大友皇子の母・伊賀采女宅子の故郷……」

その言葉に、

「そういうことだ」俊輔は大きく頷いた。「しかも、伊賀の郡司が『数百の衆を』引き連れて、大海人の味方についた。もしも伊賀が本当に大友の母の実家であるなら、間違ってもそんなことはしないだろう。実際に、大海人の要請を拒絶した豪族たちもいたんだからね」

「確かにそれは、おかしいですね」橙子が言った。「むしろ、敵対している」

「自分たちの一族から出たはずの皇子にね」

「ということは――」

「大友皇子は、伊賀采女宅子の子ではなかったんだろう」

俊輔は続けた。

「大友皇子はその名の通り、大友村主《すぐり》――近江に近い人間の子だったんじゃないか。事実、大友皇子の子・与多王《よたのおおきみ》は、彼を祀り鎮魂するための寺『三井寺』を、近江に建立している。そして何より大友皇子――弘文天皇陵も近江にある」

「ああ……」

三井寺。

弘文《こうぶん》天皇陵。

橙子の頭の中で、見て来たばかりの光景が浮かんだ。

「遠山美都男は」俊輔は言う。「その近江こそ、

『大友皇子を養育した大友史《ふひと》・大友村主といった渡来系氏族の一大本拠地』

だったと言っているが、まさにその通りだと思うよ。琵琶湖西海岸は、大友皇子を擁する大友一族の本拠地だったんだろう」

「でも……」誠也は尋ねる。「土地と同じ名前でも、その人物には余り関係がないという説もあります」

「あくまでも、余りね」

「……とおっしゃると」

「当然、全くないとは言えないからだよ。たとえば、大友皇子妃の十市皇女もそうだ」

「春日氏——和邇《わに》氏と関係があったという」

「そうだ。彼女を養育したのは、十市県主《とおちのあがたぬし》。大和国十市郡を本拠とした氏族だ。だから直木孝次郎や瀧浪貞子も、皇子や皇女の名前は、彼らを養育した氏族にちなんでいるが、結局もとをただせば、養育者の出身地に関係しているといっている。これらの意見を整理すれば——。

一、皇子などの名前は、土地名からきている可能性は低く、大抵はその皇子と関係の深い「氏族名」からきている。
二、しかし、氏族名は彼らが本拠地としていた「地名」からくる場合が多い。
三、そのため、結果的に見ると「土地名と同じ名前」になっている。

——可能性が高い。経緯は違うが、結果は同じになる」

「とすると」橙子は尋ねる。「もしかして大友皇子は、大友村主たちの一族の誰かの子だった可能性があるというわけですね」

「そういうことだね」

グラスを傾けながら答える俊輔に、橙子は何気なく尋ねる。

「とすれば、皇子は一体、誰の子だったんでしょう……」

すると、

「当然」俊輔はあっさりと答えた。「あの地に陵《みささぎ》のある女性の子だったんだろうな」

「あの地――って、近江にですか」

ああ、と俊輔は橙子を見た。

「弘文天皇陵から四キロほど北に行った、比叡山坂本の近くに古墳群がある。『木《こ》の岡《おか》古墳群』だ。被葬者は、公式には明らかになっていないし時代考証も確定されていないんだが、最も高い場所にある『本塚（丸山）古墳』に関して地元の人たちの間には、大友皇子の母の墓だという伝承が残っている」

「皇子の母って」橙子は叫んだ。「まさか、伊賀采女宅子……ではないでしょうし」

「伊賀采女宅子は」誠也が言った。「大友皇子が亡くなった後、伊賀に戻ったというからね。そこで、寺を建立したという話が伝わってる」

「じゃあ、誰なんですか？」

「さあ……。分からない」

誠也は首を横に振って俊輔を見る。

「誰ですか、と尋ねても不明でしょうけれど――」

すると俊輔は、二人に向かって笑いかけた。

「言い伝えならば、ある」

えっ、と橙子たちは目を見開く。

「それは？」

尋ねる二人を見て、俊輔は静かに答えた。

「倭姫王」

「まさか……」誠也は息を呑んだ。「そんなことが」

「何か不思議かね」

「え、ええ。それこそ、倭姫王《やまとひめのおおきみ》という名前からして、当然『倭』――大和、つまり、纏向《まきむく》などの、大和王権発祥の地を指すんでしょう。彼女は、その地出身の女性だったのでは」

「倭姫王の父・古人大兄《ふるひとのおおえ》皇子は、確かに大和地方とゆかりの深い人物だったようだからね。しかし、だからといって彼女が、その地に葬られたという話にはならない。皇后だったにもかかわらず、最後は行方知れずとされているから」

「それはそうですけれど……」

「父親の古人大兄皇子だって、乙巳の変後、後ろ盾だった蘇我氏を失ってしまい、その結果、中大兄《なかのおおえ》皇子つまり天智に攻め滅ぼされている。古人大兄の娘である倭姫王にとっても、余り良い思い出の土地ではなかったろうし、そもそも、彼女を庇護してくれる関係者が生きているのかどうかも分からない状況だったろう」

「そういうことですよね」

納得する誠也の隣で、

〝蘇我氏？〟

橙子は引っかかる。

「ということは」俊輔に尋ねた。「倭姫王は、どちらかというと蘇我氏系の女性だったんですね」

「どちらか――どころじゃないだろうな。古人大兄皇子の母親の法提郎媛《ほほてのいらつめ》の父親、つまり曾祖父は蘇我馬子《うまこ》。郎媛の兄に蝦夷《えみし》。甥に入鹿《いるか》。そして古人大兄皇子の従兄弟の石川麻呂は、蘇我倉山田を名乗っていた」

「もしかして」橙子は小声で尋ねる。「天智天皇は、いわゆる百済系だったわけですけど、蘇我氏というと……」

「当然、新羅系だったろうね。もちろん、細かく見て行けばいくつかに分かれるだろうが、基本的には新羅だ」

「それで、あ、あの場所に新羅善神堂《しんらぜんしんじん》が！」

昨日見た、雑木林の中に建つ不思議な佇まいを思い出して叫ぶ。

だから、弘文天皇陵の近くにお堂が。

まるで、陵を見守るかのように建っていたのか。

橙子は、誠也と一緒に見た新羅善神堂の話を俊輔に伝える。

大友皇子が明確に百済系だったかどうかは分からない。しかし、天智は明らかに百済系だったのに、なぜかあの場所にポツンと「新羅」善神堂が建っていた……。

その話を聞いて、

「おそらく、そういうことだろうね」俊輔は頷いた。「百済だらけの場所に、確かにそのお堂は不自然だ。そういった理由でもない限りね。加藤くんの言う通りだろう」

「ありがとうございます！」

「倭姫王といえば」俊輔は続ける。「遠山美都男は、彼女が即位したという立場から、こう言っている。

『壬申の乱とは、「女帝」倭姫王の存在なくしては起こりえない性質の戦争だったのであり、倭姫王の譲位をうながして即位するために、天武・大友の双方がいわば対等の立場で戦った戦争でした』

とね。しかし、これでは正確じゃないだろう。遠山自身も書いているように『書紀』が、

『壬申の乱自体の記述になると、彼女の存在について一切言及していないのはどうしてでしょうか。思うに、それは、倭姫王が天武天皇のみならず大友皇子の即位の正当性をも保証する存在だったからではないでしょうか』

ということだろうね。つまり、倭姫王が即位していたか、少なくとも称制を敷いていたのは事実だったのではないかな。しかしそうなると、新たな火種が湧いてくる。もしも倭姫王が天皇の座に就いていたとしたら、天武が、はいそうですか、と引っ込むはずもない。というのも次期天皇は当然、大友皇子になってしまうから」

「本物の親子だから！」

「そうだ。一方の天武は、皇統とは何の繋がりもない『下層の遊民』だった。このままでは、間違っても自分に帝の座はまわってこない」

でも、と橙子は眉根を寄せて尋ねる。

「天武天皇が皇統でないというのは、本当の話なんでしょうか。個人的には、まだ信じられないんですけれど」

「証拠がある」

「小林惠子さんたちの言うような？」

「いや」俊輔は『書紀』を取り出した。「この中に書いてある」

「えっ」

驚く橙子の前で、俊輔はページをめくる。

「天武天皇、朱鳥元年六月の条だ。

『戊寅《つちのえとらのひ》に、天皇の病を卜《うらな》ふに、草薙剣に祟《たた》れり。即日《そのひ》に、尾張国の熱田社《あつたのやしろ》に送り置く』

とね。その人物が天皇であることを証明する三種の神器の一品、草薙剣が天武に祟ったんだ。これはどういうことだろうかね。三種の神器に祟られたなどという天皇が、彼の他にいただろうか。ある天皇が勾玉の入った箱を開けようとしたら、その勾玉に脅かされたといったエピソードならば聞いたことがあるが、さすがに『祟られた』という話は目にしたことがない」

「確かに……」誠也も頷いた。「本当に祟りがあったのかどうかというよりも、剣に祟られたという話が出て、誰一人としてそれを否定しなかったということが、天武の正統性を疑うのに充分です」

「それ以前に」俊輔も首肯する。「祟られたという話に対して、誰も疑問すら挟まなかったんだ。きっと誰もが『やっぱり』と思ったんだろう」

「ひょっとすると、このエピソードも」誠也が言う。「天武の天智暗殺を匂わせているのかも知れませんね。『祟り』の一環として」

「その通りです……」

頷く橙子の前で、俊輔も言う。

「そもそも、天智が一人で馬に乗って出かけ、おそらく亡くなったのだろうが沓《くつ》だけ残されていた、という話が常識から考えてもおかしいな。その場に沓だけ残っていたという状況は、普通に考えれば『誘拐』か『拉致』だ。そして、後に死亡が確認されたか、もしくは、その場に瀕死の状態で倒れていて、宮廷に運び込もうとした途中で亡くなり、沓が落ちた。いくら沓には『呪力』があるといわれていたにしても、これは尋常ではないし、どちらに転んでも天智は『怨霊』になる」

ゆえに、と一息ついて俊輔は続けた。

「天武は、高市《たけち》皇子と大津《おおつ》皇子を巻き込んで一気にクーデターに出た」

「それが、壬申の乱！」

「そういうことだ」俊輔は頷いた。「そう考えると話が単純で、非常にすっきりする。多くの人たちが考えて理由づけしなくてはならないような、面倒な説明が一切必要ない」

俊輔の言葉に橙子は、頭の中でこの「乱」を整理する――。


天智が亡くなった。

おそらくこれは、天武（大海人皇子）による暗殺。

それが発覚したため、天武は、吉野に逃げ込む。

天智皇后の倭姫王が即位、あるいは称制を敷く。

天智と倭姫王の子である大友皇子が、それを補佐。あるいは称制を敷いた。

このままいけば、正統性からいって次の帝は間違いなく大友皇子。

皇統ではない天武には、絶対にまわってこない。

そこで天武は、クーデターを起こす。

運良く成功したので、皇位簒奪の汚名を残さぬため、実は大友皇子は天智皇后・倭姫王の子ではなく、身分の低い采女の子だったとした。

同時に自らも、皇統と無関係な「下層の遊民」ではなく、年上にもかかわらず天智の弟であるとした。というのも「年上の兄」としてしまうと、年下の天智が先に皇位に就いたことになってしまうから。そこで、年齢を誤魔化す。

それら全てを糊塗するために『記紀』の作成を命じる。

結果、帝の座に就いたものの、三種の神器の草薙剣に祟られてしまった……。

そんなことを俊輔に伝えると、

「しかし」俊輔は腸詰めに箸をのばした。「そのおかげで現在までも専門家すら、大友皇子は出自が卑しかったのだから、即位どころか人の上に立つ資格すらなかったと主張してる。後にわざとらしく『伊賀皇子』と名づけられたりしているしね。だが『卑母』という言葉を使った遠山美都男でさえ、

『「卑母」ということが強調されるようになるのは、壬申の乱以後の天武天皇の時代になってからである』

とも言っているんだ」

「壬申の乱以後？」橙子は驚く。「つまり、天武天皇たちが初めてそんなことを言い出したと」

「そうだ」

余りにも、あからさまではないか。

一つ嘘を捏造すると、次から次へと嘘を嘘で塗り固めなくてはならなくなってしまう。これは現代でも同じ……。

「また、これはぼくの妄想だけれど」俊輔は笑いながら言った。「もしかすると倭姫王というのは本名ではないかも知れないね。本当は、大友某という名前だったかも知れない。というのも、垂仁《すいにん》天皇の時代に、同じような名前の女性がいた」

「倭姫命《やまとひめのみこと》ですね」誠也が言う。「殆ど同じ名前なので、何か関係があるんじゃないかと、ずっと思っていました」

「もちろん『倭』『大和』の地の出身という共通点はあるだろう。しかしそれ以上に、特徴的なことがあったんじゃないかな」

「それは？」

「こちらの倭姫命は、崇神《すじん》天皇の時代に朝廷を追い出された天照大神に付き添わされ、伊勢に落ち着くまでの何十年という間、延々と国中を彷徨《さまよ》うことになる。一方の倭姫王も、体よく朝廷を追い出されたわけだからね。そして『異国』で亡くなった」

「なるほど……」

だが、と俊輔はつけ加える。

「こちらの倭姫王は、きちんと大友村主や、大友皇子一族が多く葬られている近江の地に埋葬された」

「大友、、、、一族としてですね」

そうだ、と答えて俊輔はグラスに紹興酒を注ぐ。

「そう考えると、徳川光圀《とくがわみつくに》の命を受けて水戸藩が編纂した『大日本史』が正しく思えてくる。この著作は所々に怪しい記述があるが、少なくとも大友皇子に関しては正しいんじゃないか」

「そうですね」

誠也は頷いたが、

「それは……」橙子は小首を傾げながら尋ねる。「どんな点ですか？」

「この著作の『三大特筆』を聞いたことがあるだろう」

「……何となく」

「念のために言っておくと、
一、神功《じんぐう》皇后を后妃に列する。
二、大友皇子を本紀に掲げ、天皇としてこれを遇する。
三、南朝を正統とし、三種の神器が北朝の後小松《ごこまつ》天皇に渡された時をもって皇統を北朝に帰する。
という三点だ」

つまり、橙子は言う。

「光圀は、大友皇子を天皇として認知した、と……」

「他の部分に関して、ぼくなりの考えが色々あるんだが、それは置いておこう。今の問題は、大友皇子を『天皇として』遇するという話だ。大友皇子は実際は即位したが、『日本書紀』では——今言ったようにクーデターによって——大友皇子を倒し即位した天武天皇の立場を正当化するために、大友皇子が即位しなかったように歴史を書き改めたのだとして『大友天皇』の存在を主張したんだ。その後、明治政府はこの説を取り上げ、明治天皇によって弘文天皇と諡《おくりな》された」

「ようやく認められたんですね」

「といっても」俊輔は笑った。「未だに、そういった文献が見当たらないという理由から、大友皇子即位に否定的な人々は多い。しかし、具体的な即位云々ということは別にすると、やはり大友皇子は一時期、朝廷のトップに立っていただろうということは多くの人たちが認めている」

「それで、大海人——天武が焦ったんですね」誠也はビーフンを口に運びながら頷いた。「しかし、クーデターは運良く成功した。ひょっとすると天武にとっても、予想外に幸運な結果だったでしょうね」

　すると、

「いや、そうでもなかったろう」俊輔は首を横に振った。「かなり高い確率で、勝算はあったと思う」

「それは……民衆の心をつかんでいたから？」

「違う。一般民衆にしても、天武は正統な皇位継承者ではないということを、知っていたんじゃないかな。もちろん、天智の皇女を四人も妃に迎え入れている実力者だということは承知していただろうけどね。『書紀』が言うほど、民衆からの圧倒的支持はなかったはずだ」

「では」橙子も言う。「大友皇子の側に、スパイを送り込んでいたからですか。物部麻呂でしたっけ。何かあれば、すぐに暗殺してしまえるから」

「それもあったろうが、もっと大きな理由があった」

「じゃあ……それは何ですか？」

「こういう説がある。高市は天武の子ではなく、天智の皇子だった。つまり、高市は大友の弟だった」

「ええっ」

「それが事実であれば、この乱は大友と高市の兄弟喧嘩——兄弟同士での覇権争いの戦いに、天武が後見しているという形になる。だから、周囲の人々にとってみれば、大友・高市のどちらが勝利しようと大勢に変わりはない。表立っては、大友と高市に争わせて、裏では天武が色々と手を回す。戦いに負けても高市が犠牲になるだけだし、勝ったら——実際にそうしたように——大友を暗殺して、同時に高市を追い落とし、自分が全ての権力を握る」

「……酷い」橙子は顔をしかめた。「でも、そんな説を立てるような証拠は？」

「もちろん具体的な証拠は、どこにも書かれていない。しかし、この乱を見て行くと、引っかかる部分が数多く出てくる。今ここで、一つ一つ細かくは挙げないが、たとえば高市は最初から天武と行動を共にせず一日遅れで——それこそ伊賀で——合流している。なぜ高市は、近江に残っていたのか？　また、大友皇子に早く軍勢を出すことを勧めた人間がいると書かれているが、これこそ高市だったのではないかとも推測されている。この時は、高市が天武に寝返ることを読んだ大友が制止している」

「なるほど……」

「更に『書紀』では、大伴吹負《おおとものふけい》が高市になりすまして敵の本陣・小墾田《おわりだ》の兵器庫に近づき『高市皇子が来た』と叫ばせたところ、近江軍はその声に逃げ去ったという。しかしこれは、高市の登場を知った軍勢が『逃げ去った』わけではなく、ただ単に引き下がっただけなのではないか。

また、乱の趨勢を決定づけたともいえる、二万もの軍勢を率いて天武側についた、小子部連鉏《ちいさこべのむらじさ》鉤《ひち》は、乱が決着した後に謎の自殺を遂げている。その理由に関して小林惠子は、

『鉏鉤にしてみれば天智の子である高市が帝位につくと思って大海人に協力したのに、フタを開けてみれば大海人が帝位についたから、結果的に天智朝への裏切り行為になったことを後悔して自殺した』

のではないかと言っている」

「そう言われてしまうと」橙子は顔を曇らせた。「確かに、色々と怪しい点が多いです……」

「更に」と俊輔は畳みかけた。「誰も顧みないような古い書物の中には、きちんと『高市は天智の三男』と書かれている物もあるようだが、これは参考に留めておくとしようか」

「そういえば」誠也も言う。「高市は、大友皇子皇后だった十市皇女と恋に落ちていたのではないかという説があります。系図上で高市は、十市皇女とは父を同じくする兄妹になっています。しかし、当時としてみれば、そういった関係は珍しくないとはいうものの、あんなに激しい恋慕の歌を『万葉集』に良く載せたものだなと思いました。でも、二人が全く血の繋がっていない男女であれば、その気持ちを堂々と公にしても、何もおかしくはなかったんですね」

軽く嘆息する誠也を見て、

「そういうことだね」俊輔は頷いた。「あと、これはちょっと余談になってしまうが、今の小林恵子によれば、舒明《じょめい》朝から壬申の乱までの間に、四人の帝――天皇がいたけれど、全員、歴史に隠されてしまっているという」

「それは?」

「聖徳太子の長子・山背大兄皇子《やましろのおおえ》。舒明の長子・古人大兄皇子。斉明《さいめい》の娘・間人皇女《はしひとのひめみこ》、そして天智の長子・大友皇子だとね」

「やはり大友皇子は、その『四人の帝』のうちの一人なんですね」

そうだ、と言って俊輔は橙子を見た。

「あと、きみは日本三景の一つ、天橋立《あまのはしだて》を知っているだろう」

「はい、もちろん」

「その橋立のある丹後《たんご》の地に、こう書いて『たいざ』と読む地がある」

俊輔はノートを開くと「間人」と書いた。

それを覗き込んで、

「凄い難読地名ですね。どこかのクイズに登場しそうなくらい」

笑う橙子に、俊輔は続けた。

「では、どうしてそんな地名になったのかというと、こういう伝説があるからなんだ。ここは、今名前の出た『間人《はしひと》』――天智の同母妹・間人皇女が『退座《たいざ》』されてやって来られた地だから、と」

「退座って、つまり……」

「その通りだよ」

　微笑む俊輔に向かって、橙子は叫んでしまった。

「間人皇女は、天皇だった！」

「そういうことだろうね。『皇女』は退座しないだろうから」

　俊輔は笑う。

「但し、この地方に伝わる伝説には、この『間人』は、聖徳太子の母の穴穂《あなほ》部間人《べのはしひと》皇后だとするものもある。だがこちらにしても『皇后』を退座するという表現はおかしい。ただ、この間人皇女に関しては、またさまざまな噂が残っている。たとえば、間人皇女は孝徳《こうとく》天皇に嫁いだんだが、年齢差が甚だしかったため、同母兄である天智と関係を持ってしまった。これは、国文学者の吉《よし》永登《ながみのる》や、直木孝次郎も言っているが、天智——中大兄皇子は、叔父である孝徳から、皇后の間人を奪った、とね」

「そんな……」

　啞然とする橙子の隣で、

「いや」と誠也が言った。「ぼくも、その話は聞いたことがある。その後天智は、孝徳をたった独り難波宮に残して、間人を連れて飛鳥に戻っている。その後、心痛の余り孝徳は難波宮で崩御された」

「本当なんですか？」

「真実は分からないけれど、孝徳の後の斉明が亡くなった後、中大兄皇子は称制を敷いて、即位したのはその七年後、しかも間人の死後だ。これに関しては直木孝次郎も、中大兄と間人が夫婦の関係だったため、間人の死を待って中大兄が即位したと言っている。でも――」

誠也は俊輔を見た。

「今の先生の説の方が、信憑性があります。何も無理矢理に、天智と間人を『夫婦』にする必要はない。中大兄が即位しなかったのは、間人が天皇だったから。これで充分です」

「ぼくもそう思う」

俊輔は、誠也の言葉に頷いた。

「間人皇女が天皇だったとすれば、その間、天皇がいないのに中大兄が七年間も称制を敷いていたというおかしな話も収まりがつく。事実、間人皇女――天皇が崩御されたとされる天智五年（六六五）の翌々年に近江・大津京遷都が行われ、斉明天皇と合葬された年、あるいはその翌年に、天智は正式に即位したと考えればね」

「そういうことです！」

「間人の初七日にあたって天智は、尋常ではない人数の人々を出家させている。また『万葉集』にも『中皇命《なかつすめらみこと》』などと見えるし、いくつかの寺院には『仲天皇《なかつすめらみこと》』『中宮天皇』などという名称が書かれたり刻まれたりしている。そしてこれらは全て『皇位の中継ぎを務めた天皇』――つまり、間人天皇を表しているのではないかという説がある」

「きっとその通りなんでしょうね」誠也は頭を振った。「そうだったのか……」

溜息を吐いて下を向いてしまった誠也を眺めると、

「さて」と俊輔は笑った。「まだ、話は半分だ」

そしてグラスの紹興酒を空けると、今度はボトルで一本注文する。

「前半戦終了。いよいよ本題に入るとしよう」

「こ、これからが本題ですか！」

バーワンを取り分けながら、橙子は目を丸くした。

そんな姿を見て俊輔は言う。

「今までの話は何人もの歴史学者や文学者たちの話をまとめて、そこにぼくが勝手な考察を少しだけ加えたに過ぎない。しかし、ここから先はまだ誰も言及していない部分になる。今までの話を踏まえて、次に行こう」

「……それは一体？」

紹興酒に口をつけようとしたまま固まってしまった誠也を見て、

「采女祭だよ」

俊輔は真剣な顔つきで言った。

「加藤くんが提示した、大きな謎だ。それを解明する」

えっ、と橙子は驚いて倒れそうになる。

「解明する……って」

「ではその前に」俊輔は二人を見て微笑んだ。「みんなで少し食べて飲もう」

結局、少しどころか全部平らげてしまい、ミミガーと海老チャーハンを追加することにした。

紹興酒も残り少なくなったのでもう一本追加した。

やがてテーブルの上が片づくと、

「これを見てごらん」俊輔が一枚の紙を広げた。「平城京の概略図だ」

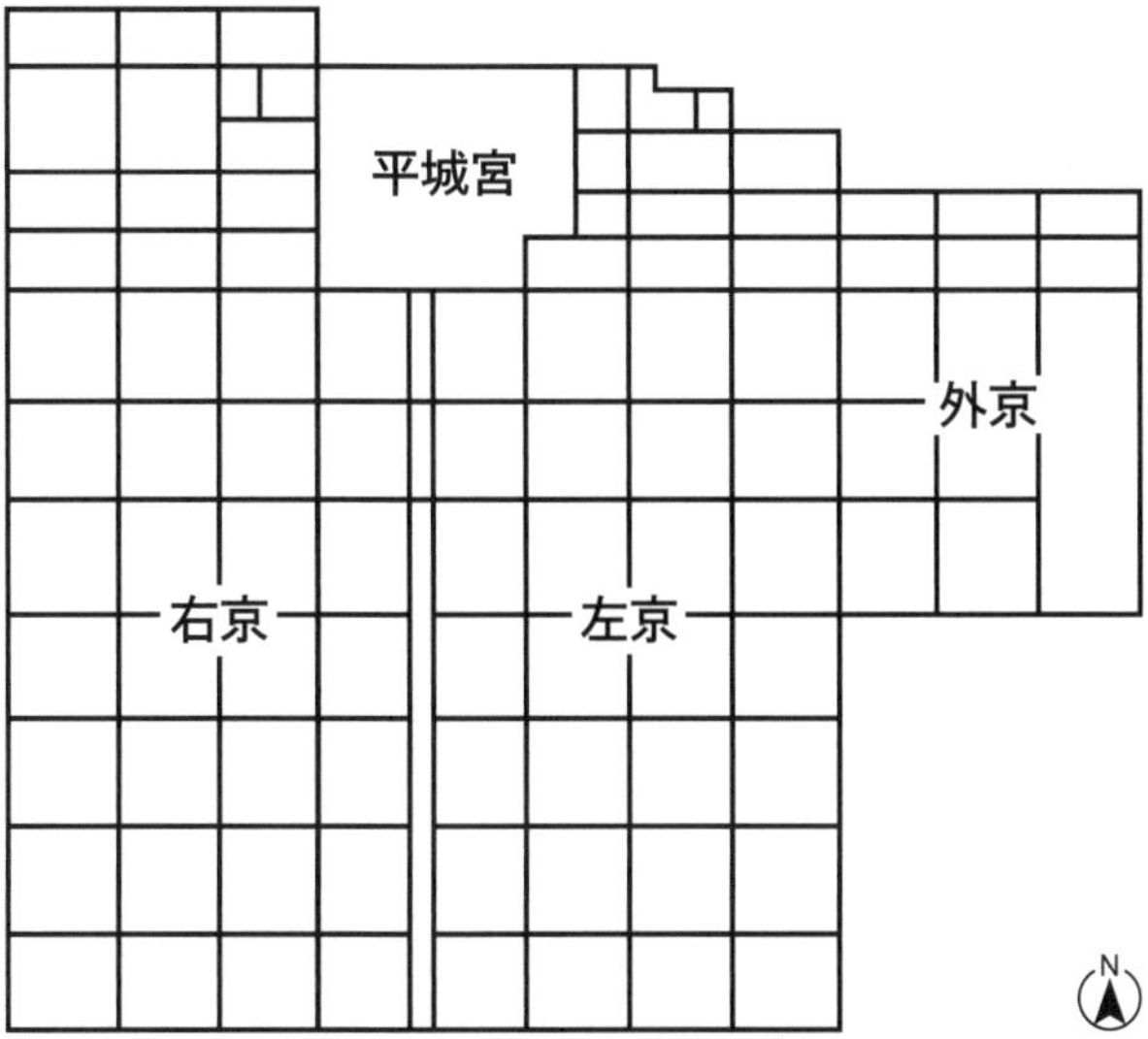
平城宮
外京
右京
左京
N

二人はそれを、食い入るように覗き込む。

そこには平城宮を北の端に据えて、東西と南に広がる街が描かれていたが、平安京のように綺麗な長方形の造りではなく、北東部分が、約三区画分四角く突出している図だった。

橙子が首を傾げる。

「平城京も平安京みたいに、左右対称の形をしているものだとばかり思っていましたけど……明らかに対称性を欠いていますね。いえ、それが良いのか悪いのかは判断できませんけど」

「いわゆる『外京《げきょう》』と呼ばれる区画が、わざわざつけ足されている。これは一体、何故だと思う？」

「もしかして……北東で丑寅《うしとら》なので、そこに特別な場所を造ったんですか。鬼門を塞ぐとかの、怨霊対策として」

「残念ながら、当時はまだ『丑寅』などという陰陽道《おんみょうどう》的な思想が一般化されていたとは思えない。その可能性は、全くゼロではないにしても、平安時代ほどではなかったはずだ」

「そうですか……」

「しかし今、加藤くんの言った意見は、全くの間違いではない。見てごらん」

俊輔は、今度は建物や通りの名前が記されている地図を広げた。そして外京を指差す。

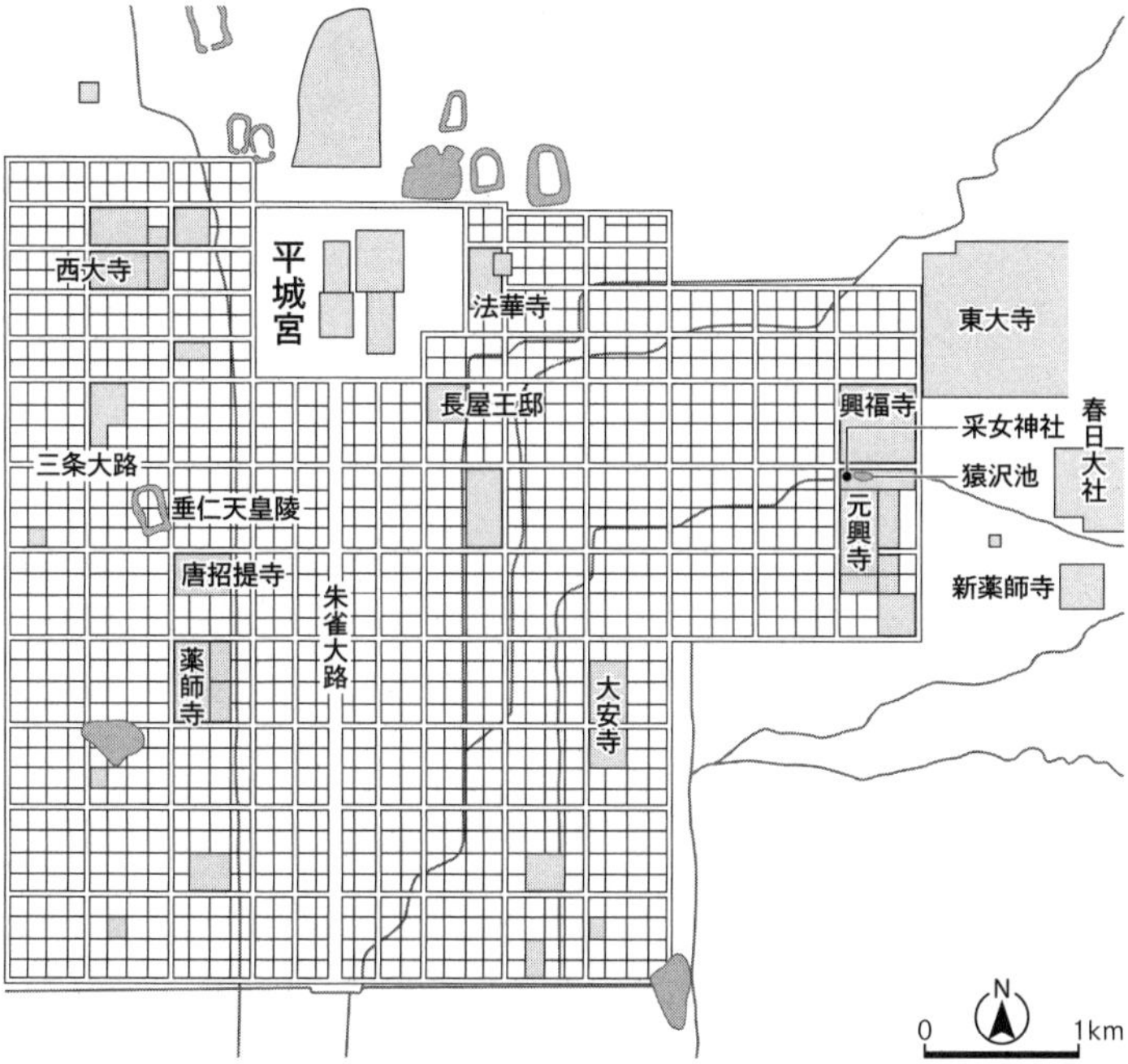

平城宮
西大寺
法華寺
東大寺
長屋王邸
興福寺
采女神社
春日大社
三条大路
猿沢池
垂仁天皇陵
元興寺
唐招提寺
朱雀大路
新薬師寺
薬師寺
大安寺
N
0
1km

「これなら一目瞭然だね。この突出している外京と、その周辺に存在しているのは、東大寺、興福寺、元興寺《がんごうじ》、そして春日大社。それらの寺社が、まるで猿沢池をぐるりと取り囲むようにして建っている。もちろん猿沢池は、興福寺の放生会《ほうじょうえ》のために造成された」

「あっ」

「東大寺、興福寺、春日大社は言うまでもないだろうから、この」俊輔は、猿沢池の南に広がる寺を指差した。「元興寺について、少し説明しておこうか」

「お願いします」

橙子のリクエストで、俊輔は続ける。

「この寺は『続日本紀』によれば、飛鳥の地にあった巨大な寺院を、平城京に移築したものだという。但し、飛鳥の地にはその後も、あの有名な飛鳥大仏などを祀る『飛鳥寺《あすかでら》』が鎮座しているので、この移築は金堂以外の建物を遷したのだろうとされている。当時は、かなり広大な境内を持っていたという」

「現在の、ならまちの殆どが、元興寺の境内だったと聞きました」

「そうだね」俊輔は橙子を見て頷く。「しかしこの寺は、その広い境内よりも『鬼の寺』として有名になった。鐘楼に鬼が棲んでいるといわれたんだ。おかげで『日本霊異記』から始まって、江戸時代の鳥山石燕《とりやませきえん》の『百鬼夜行』にも『元興寺《ガゴゼ》』として登場している。ちなみに、このガゴゼから発して『ガゴ』といえば、近畿地方以西では化け物のことで、そこから『ガゴジ』『ガゴシ』『ガゴセ』なども、全て化け物を表す言葉とされた」

「そんなに有名なお寺だったんですね……ガゴゼは」

ああ、と俊輔は頷く。

「ただここで、沢史生《さわしせい》はこんなことを言っている。

『むしろガゴはカコ（川子↓河童）の転訛と考えたい。川子衆がガゴシ、川子勢がガゴゼであったのだと思われる』

とね」

「川子衆……」

「まあ、どちらにしても鬼や怨霊だった。朝廷の貴族たちに虐げられていた一般庶民だ。とすれば、どう転んでもこの外京は、鬼や怨霊を祀る＝抑え込む役割を持って造成されたことに間違いはない。朝廷が藤原氏に命じて造らせたのか、それとも藤原氏が自主的に申し出たのか、その辺りの機微は定かではないが、どちらにしても、朝廷と藤原氏を護るための空間、防御システムだった」

「そういえば興福寺南大門では、薪能が演じられます」

「薪能――能は、怨霊慰撫の最たるものだからね。当然だろうな」

「では、春日大社は？」

「大社祭神は現在でこそ、武甕槌命《たけみかづち》・経津主命《ふつぬし》・天児屋根命《あめのこやね》・比売神《ひめがみ》となっているが、もともとあの地では春日野の地主神が祀られていた。その名称は定かでなくなってしまったが、春日氏の氏神だったことは確かだ」

「春日氏！」

「聞いたことがあるだろう」

「え、ええ……」

橙子は誠也を見ると、誠也も無言のまま頷いた。つい昨日話していたばかりではないか。

大友皇子妃・十市皇女だ。

〝十市皇女という名前は、十市県主《とおちのあがたぬし》が彼女の養育係だったからというのが一般的だ。そして十市県は、孝昭《こうしょう》天皇の時代以前は、春日県《かすがのあがた》とよばれていたという〟

――と。

「春日氏は」俊輔は紹興酒を一口飲むと、言う。「もともと和邇氏と名乗っていた」

これも聞いていたので、橙子は頷く。それを見て、俊輔は続けた。

「その和邇氏は――名前からも連想できるように、もともとは海人族《かいじん》だったと考えられている。主に海上で大活躍していた人々だね。ということは、彼らはわが国を代表する海人である『海部《あまべ》氏』や『安曇氏《あずみ》』とも、深い関係を持っていたと考えられる。というのも、春日大社にその繋がりを思わせる大きな証拠が残っているからなんだ」

「証拠って……それは何ですか？」

「若宮おん祭だよ」

「若宮！」

「あのおん祭で舞われる『細男《せいのお》』こそ、安曇氏の祖神で、しかも大怨霊となっているであろう安曇磯良《いそら》の鎮魂のために舞われた舞だ」

「えっ」

全く知らなかった。

それは誠也も同じと見えて、俊輔を見つめながらゴクリと息を呑んでいた。

「この『細男』は」俊輔は続ける。「顔に白い布を垂らすという特殊な衣装で舞うが、これは磯良の顔が醜かったため、布で隠したことによるといわれている。しかし、それは当然だ。というのも、安曇族は誰もが顔に入れ墨を入れていたからね。それが都の人々にとって、醜く見えたというだけの話だ」

「なるほど」誠也が、ハッと顔を上げた。「海中で暮らしていた磯良の顔には、たくさんの貝殻が付着して醜かったからと聞きましたけど……先生の説の方が素直に納得できます」

「当然、色も黒かったろうしね」

「海人族ですから、日焼けは当たり前です」

誠也は笑ったが、

「だから」と俊輔は言った。「能の『翁《おきな》』も、彼だと思う」

「翁が」橙子が再び声を上げる。「どうして、ここで『翁』——。いえ、確かに興福寺で演じられたのが嗃矢だと聞きましたけれど」

「それが嗃矢かどうかは別にして」俊輔は橙子を見た。「福岡県に『八幡古表神社《はちまんこひょう》』という、神功皇后を主祭神とする、奈良時代から続く歴史ある神社があるんだが、この社については？」

無言のまま首を横に振る橙子を見て、俊輔は続けた。

「その社で、四年に一度奉奏される人形相撲がある。『細男舞《くわしお》』『神相撲《かみずもう》』というんだ」

「くわしお？」

「細男、と書いて『くわしお』と読む」

「細男……」

「この『神相撲』に、住吉《すみよし》大神として、めっぽう強い全身真っ黒な小男が登場するんだ。そして自分の何倍もの大きさのある相手を投げ飛ばしてしまい、最後は全員を相手に勝利する——んだが、これについて話し出すと徹夜どころか、本が一冊書けてしまうし、今日のテーマとは少し逸れてしまうから、今はそういう祭があるんだということだけ知っておいてくれ」

俊輔は微笑んだ。

「そして、この住吉大神こそが安曇磯良であり、ぼく個人としては『翁』のモデルになっている人物だと思っている」

「でも、それって——」

問いかける橙子に向かって俊輔は、軽く手を挙げて制した。

「いずれ機会があれば詳しく説明——証明するよ。とにかく」俊輔は二人を見る。「この人物は、別名を『春日大明神』と呼ばれているんだ」

「春日大明神……」

春日氏が和邇氏で。

和邇氏は海人族で。

海人族といえば、海部氏・安曇氏。

安曇氏の代表は、安曇磯良。

安曇磯良は、春日大明神。

順番に繋がらないこともない——か。

「そしてぼくは」俊輔はなおも続けた。「この神は『細男舞』や『猿楽』などが披露される『若宮』に鎮座されていると思ってる。というのも、理由がある」

「それは？」

「春日大社若宮の祭神は？」

「確か……余り耳にしたことのない……」

「天押雲根命《あめのおしくもね》だ」

「そ、そうです」

「この神の別名は、天叢雲命《あめのむらくも》という」

「天叢雲――って」

そうだ、と俊輔は頷いた。

「天叢雲剣。別名・草薙剣、三種の神器の一つだ」

素戔雄尊《すさのお》が、退治した八岐大蛇《やまたのおろち》の尾から取り出した剣。

そして、天武天皇に祟った剣……。

では、と俊輔は尋ねる。

「この剣が祀られている社は？」

「尾張《おわり》国・熱田《あつた》神宮です」

「熱田は、もちろん『アタ』で、熱海《あたみ》や安宅《あたか》、渥美《あつみ》、小田原《おだわら》などと同様、転訛しているものの語源は『安曇』。まさに安曇族の地だ」

「でも、そんなに色々な場所に『安曇』が？　長野県の安曇野も、もちろんそのまま『安曇』ですよね」

「当然、あの地でも磯良を祀っているよ」

「磯良は、それほど有名な人物だったんですか？」

「歌にも歌われている。きみたちも知っているだろう」

「歌ですか？」橙子と誠也は顔を見合わせて苦笑した。「知りませんけど……」

「そうかね」俊輔も笑う。「『君が代』だよ」

「は？」

「あの歌は、もともと磯良を称える歌だったんだ。それが明治以降、わが国の国歌となった」

「えっ」

声を上げた橙子と誠也の前で、俊輔は紹興酒を手酌で注ぐと、

「そういうことで」と続ける。「春日大社の『若宮』は、大怨霊でもある安曇磯良を祀っている社で、猿沢池を中心に据えたあの一画は、完全に怨霊鎮めの区画として存在していた」

と言って俊輔は二人を見た。

「少し寄り道してしまったが、猿沢池の立地や、春日大社の本質を理解できたと思う。さていよいよ、その春日大社摂社で、しかも猿沢池の畔に鎮座している不可思議な神社『采女神社』と、その祭神の采女についてだ」

その言葉を聞いて、橙子の胸は高鳴るが……。

本当に「采女」が、それほど重要な役割を果たしているのだろうか。俊輔が言うのだから大丈夫とは思うが、少し心配になる。

すると、橙子に向かって俊輔が、先日の「采女祭」に関して抱いた疑問を、もう一度説明するように促した。そこで橙子は、ゆっくり振り返りながら二人に向かって告げた——。

采女の地位はとても低かった。

母親が采女というだけで、大友皇子が即位できなくて当然という説も存在していたと、俊輔も言った。酷い話だが「卑母」とまで呼ばれた。

ところが、猿沢池の采女に関しては、入水した彼女のために、天皇自らわざわざ御幸し、そこでは柿本人麻呂と共に哀悼の歌を詠んでいる。例外中の例外だ。

では、天皇はその采女をそれほど愛していたのかといえば、実はたった一度しか「召し」ておらず、その時まで忘れていたほどだったという。

それなのに、御幸した。

しかもその後、その采女のために、小さいとはいえ「采女神社」まで造営した（だがこの社は、猿沢池を見たくないという理由で、一夜にして池に背を向けてしまう）。

更に後世、その采女のために神事が執り行われると同時に、盛大な祭が開催され、貴人のための龍頭鷁首《りゅうとうげきしゅ》の管絃船まで池に浮かび、遠く郡山からも大勢の人々が参加している——。

「不思議なことばかりです」橙子は苦笑する。「私の中では、とても整合性が取れません」

そうかね、と俊輔は微笑んだ。

「それらの出来事に関して、加藤くん自身は、どう考えている？」

「私は……」橙子は、自信なさげに視線を落とす。「猿沢池で亡くなったのは、いわゆる『采女』ではなくて、もっと高貴なお方だったんじゃないかって思いました。でも、何らかの理由からそれはマズイということになって、采女が入水したことにした。けれど、どちらにしても慰霊・鎮魂を行わなければならないので、こうして毎年行っている」

「彼女が入水した日は、お盆だしね」

「あ……」

思わず顔を上げた橙子に、俊輔は言う。

「彼岸とお盆は、霊魂が行き来しやすい時期だ。ひょっとすると彼女は、わざとお盆——中秋の名月の日を選んで入水したのかも知れないな」

「言われてみれば……」

橙子は、猿沢池で観た満月を思い出す。

あの時は、池の周囲や三条通に観光客が集まり、光が満ち溢れていた。でも、たとえば昔。月光以外の灯りもなく、その月がゆらゆらと池の面を照らすだけの夜。それはきっと、幽玄《ゆうげん》を超えて、すでに黄泉《よみ》の世界を感じさせる空間だったのではないか。

そんな状況の中、猿沢池に身を投げた采女、あるいは高貴な身分の女性。

「その『采女』を特定できれば、全ての謎が解けるような気がするんですけれど」橙子は嘆息する。「でも、無理ですよね。何の手がかりもないんですから」

しかし、

「いや」俊輔が真面目な顔を崩さずに答えた。「できると思う」

えっ、と声を上げたのは橙子だけではない。

「ぼ、ぼくも」誠也は言う。「加藤くんに言われて、当時の天皇を考えてみました。すると、聖武か淳仁までは詰められたんですけれど、そこから先はさすがに――」

「推理すれば良いじゃないか」俊輔はグラスを掲げて笑う。「堀越くんは、その時の天皇を二人にまで絞った。それと同じように、恐れずに推理すれば」

「といわれても……」

顔を曇らせて下を向く誠也の隣で、橙子も言う。

「でも、私たちの手元にある情報が少なすぎて、無理なんです」

「そんなことはないよ。すでに充分持っているはずだ。ただ、結論を導くことを恐がっている」

「えっ」

「正直に告白してしまうとね」俊輔は照れ臭そうに笑った。「ぼくも、能の『采女』を観て以来、猿沢池の件に関しては、ずっと疑問を抱いていたが、真相をつかめないまま放っていたんだ。あんな単純なストーリーなのに、二時間近い大曲が演じられる。その理由すら、全く分からなかった。しかし昨日、加藤くんからの連絡を受けて、初めて気がついた。自分の愚かさを反省した。お礼を言うよ」

「わ、私の連絡って」橙子は呆然と応える。「何か言いました?」

「とても重要な事実を教えてくれたじゃないか。その采女が、誰だったのかを」

「わ……私が」

まさか、と誠也が小声で尋ねる。

「今までの話だと、本当に、額田王《ぬかたのおおきみ》だったとか、あるいはそれこそ倭姫王？　それくらいのレベルの女性ということでしょうか」

「聖武天皇の時代のね」

「その時代の采女の名前は、一人も知りません」

「私もです」

橙子も悔しそうに言ったが、

「きみは知ってるだろう」俊輔は応える。「ぼくは、きみに教えてもらったんだから」

「ええっ」橙子はひっくり返りそうになる。「そ、それは一体、誰ですか！」

その言葉に俊輔は、ゆっくりとグラスを空けて答えた。

「安積《あさか》采女春姫《はるひめ》」

「……どこかで聞いた名前です」

呆然と答える橙子に、俊輔は笑いかける。

「郡山の采女だよ。都からやって来た葛城王《かつらぎ》に歌を誉められて、そのまま都に上《のぼ》って、采女として天皇に仕えたという」

「ああ」

そうだ。郡山「うねめまつり」の主祭神。

でも、と橙子は尋ねる。

「その後、故郷の恋人に会いたくて、猿沢池に入水したふりをして、故郷の安積に帰ったんじゃないんですか。結局は亡くなってしまったけれど……」

「当時の状況で采女――若い女性が、一人で奈良から郡山まで帰れるはずもないだろう。たとえ誰か手伝ってくれた人間がいたとしても不可能だ。宮中を抜け出したことはすぐに分かって、追っ手がかかる。何があっても、逃げ切れるわけがない」

「そう言われれば……確かに」

だから、と俊輔は再び手酌で紹興酒を注ぐ。

「彼女が入水して亡くなってしまったからこそ、郡山に帰ったと言い伝えられたんだ。故郷に帰れて良かったね、と皆で慰めるためにね。まさに、怨霊慰撫の本質だ」

「そして、鎮魂」

その通り、と俊輔は頷く。

「お盆の中日に入水した彼女は、間違いなく怨霊になる。そうならないように、皆で一所懸命に鎮めたんだ」

「なるほど……」

納得する橙子の横で、誠也が言う。

「でも、それだけの理由――つまり、入水した采女が怨霊にならないようにというだけの理由で、あれほどまでに盛大な祭が延々と執り行われていたんでしょうか。もちろん、怨霊慰撫は大切だということは理解できますけど」

「彼女は、そこまで皆に恐れられたんだろうね。特に、朝廷の人間に」

「でも、采女の地位はとても低かったわけですよね」誠也は尋ねる。「酷い言い方ですけど『貢ぎ物』であり『卑母』だった。そうであれば、その女性が入水したとしても――」

「それなら」俊輔は誠也を見る。「安積采女は、これほどまでの待遇を受けてもおかしくはない地位にいた『采女』だったと考えれば良いだろう」

「その時代に、そんな采女がいたんですか？」

誠也の問いを無視して、俊輔は逆に尋ねる。

「きみは『安積』という名前を聞いて、何か思い浮かべないか？」

「え……」

誠也は眉根を固く寄せて考え込んでいたが、

「あっ」突然、目を大きく見開いて俊輔を見た。「い、いや、でもそんな――」

「ありそうもないものを全て取り除いてしまえば、後に残ったものがいかに不合理に見えても、それが真実に違いない――と、かのシャーロック・ホームズも言っているじゃないか」俊輔は笑った。「あとは、それを口にする勇気だけだ」

「し、しかし……先生」

「言ってごらん」

そう言われても、まだためらっている誠也を、

「何なんですか。二人だけで会話していて、私には全く分かりません。教えてください！」

橙子が促し、誠也は恐る恐る口を開いた。

「安積親王……です」

そんな誠也を見て、俊輔はニッコリと微笑む。

「ぼくも、そう思っている」

「安積親王って」橙子は首を捻った。「どこかで聞いた名前なんですけど」

「聖武天皇皇子だよ」誠也が脱力しながら言う。「新幹線の中で話したろう」

「そうでした。でも、確かその親王は――」

「暗殺されている。非常に高い確率でね」

「藤原氏の血を引いていなかったからって」橙子も段々と思い出す。「でも、まさかその『安積』というのは……」

目を見開いて口を閉ざす橙子に代わって、俊輔が口を開いた。

「能『采女』にも、その安積采女が詠んだという『万葉集』に載っている歌、

安積《あさか》香山　影さへ見ゆる山の井の
　浅き心をわが思はなくに

をもとにした詞章が書かれている。これを、猿沢池の采女伝説に被せているんだ。ところが――」

俊輔は二人を見た。

「奈良に『安積山』は存在しない」

「えっ」

「そうなると何故、聖武天皇皇子に『安積』という名前がつけられたのか。一番合理的な説明は、皇子の母親が『安積』関係者だったからということになるだろう」

「大友村主関係者だった『大友皇子』のように……」

「そういうことだね。先ほども言ったように、地名が直接名前にはならないにしても、その土地にいた人間が地名を冠することは往々にして見られる。そして、その子も同様」

「で、でも――」

困惑する誠也に、俊輔は言う。

「当初、安積親王は周囲から認められなかった。もう一人の皇子である基王は、生後約一ヵ月で皇太子になったというのに、安積親王に対しては何の沙汰もなかった。それどころか、基王が亡くなった後、当然次の皇太子になるのが当然なのに、基王の姉・阿倍《あべ》内親王――後の孝謙・称徳が、立太子された」

「直系の男子を無視して、女性が?」

驚く橙子に、

「前代未聞だね」と俊輔は答える。「その理由として一般的には、安積親王は、藤原氏の血を引いていないからといわれているが、ぼくはもっと大きな理由があったんだろうと思う」

「母親が采女――『卑母』だったから！」

「そういうことだ。歴史上では、県犬養広刀自《あがたのいぬかいのひろとじ》との間の子となっているが、おそらくそれは真実じゃない」

「大友皇子の時も、そうでした」

大きく頷く橙子の隣で、

「い、いや、しかしそれは――」

まだ俊輔の説を受け入れきれない誠也が異を唱えると、

「そう言うだろうと思って、これを持ってきた」

俊輔は一冊の本を取り出して、テーブルの上に載せる。先日、橙子も読んだ『大和物語』だ。例の采女の話、猿沢池のエピソードが書かれている本。

「……それが、何か？」

疑心暗鬼な顔の誠也の前で、俊輔はページをめくり、百五十段「猿沢の池」を開いた。

「この文章の中で、非常におかしな部分が二ヵ所あるんだ」

その俊輔の言葉に橙子が、

「二ヵ所ですか？」と言って覗き込む。「それはやっぱり、柿本人麻呂――」

いや、と俊輔は首を横に振ると、

「ここだよ」

と指差した。そこには、采女は帝のことを、

「夜昼《よるひる》、心にかかりておぼえたまひつつ、恋しう、わびしうおぼえたまひけり」

とあった。帝のことが心にかかって忘れられず、恋しく、情けなく思える――というくらいの意味だろう。

「これが、何か？」

尋ねる橙子に、俊輔は訊き返す。

「おかしくはないか」

「……どこがですか？」

「『たまひつつ』『たまひけり』。身分が低いはずの采女に対して、二度も敬語が――しかも、尊敬語が使われている」

「えっ」

　橙子は驚いて見直す。

　確かにその通りだった。

　現代でこそ、尊敬語・謙譲語などはゴチャゴチャになってしまっている感はあるが、当時は必須。学生時代にも習ったが、敬語の中にも天皇や皇后などにしか使用できない「絶対敬語」などもあり、その使い方を間違えたりしようものなら、即座に首が飛んでもおかしくはない時代。

　なのに、それが何故？

「注には」俊輔が言った。「ここで敬語が使われていることについて、『采女の心に思われる』ことと、『天皇が采女に思われなさる』ことが『混合』して、このような漠然とした表現になったのであろう、と書かれている。しかし、そんなことがあるわけはない。つまりこの物語の作者は、敢えて意図して、ここで敬語を使ったんだろう。というのも――」

「安積采女が」橙子が小声で叫んだ。「親王の母だったから！」

「その安積采女は」俊輔は更に言う。「現在、郡山の王宮《おうのみや》伊豆神社の主祭神となっている。というのも彼女は、自らを犠牲にして村に尽くしたからだという。しかし今までの伝承を見る限り、彼女に関してそんな話はどこにもないし、采女を一人出したおかげで、その村が潤ったなどという話も聞いたことがない。ということはやはり、彼女は何か特別な事を成し遂げたんだろうね。その報償、あるいはお祝いが村に届けられて誰もが潤った」

「それが、聖武天皇皇子誕生……」

「まさに……」誠也も硬い表情で、ようやく首肯した。「そうだったんでしょうね。そうでなければ、この場での敬語はあり得ない。注では、はっきり認めていないけど」

「でも」橙子は微笑む。「良く分からない、と素直に書かれています」

「そういうことだ」俊輔は言う。「『大和物語』の作者たちにとってみれば、皇子を生んだ女性ということで尊敬の対象だったんだろうが、一方、藤原氏にとっては邪魔な存在でしかなかったわけだ。だから、彼女の皇子である安積親王などは、何一つ心を痛めることなく暗殺できた」

「そのために、安積采女が入水を……」

「親王が暗殺されたのが、天平十六年（七四四）一月。興福寺によって猿沢池が造成されたのが、天平勝宝元年（七四九）といわれているから、年代的にも合う。もしかしたら、完成前に入水してしまった可能性もある。そのために、放生会としての役割が強くなったことも考えられる」

誠也は俯き加減で頭を振っていたし、橙子もにわかには信じ難かったけれど、確かに安積采女が、暗殺された安積親王の母親だったと考えれば――。

采女が入水したと聞いて、天皇自らが猿沢池までわざわざ御幸されたわけも、
天皇と柿本人麻呂が揃って彼女の供養のために、その場で歌を詠んだわけも、
怨霊封じの社・春日大社の宮司が足を運んで来て、神事を執り行うわけも、
毎年盛大な祭が開かれ、貴人のため龍頭鷁首の管絃船が池に浮かべられるわけも、

遠く郡山から、大勢の人々が祭に参加するためにやって来るわけも、全て納得できる。

というより、これ以外の理由で、毎年盛大な鎮魂慰霊行事が開催され続けていることの説明がつくだろうか？

暗殺された、聖武天皇第二皇子と、それを嘆いたのか（それが理由で病に陥ったのか）わが子の後を追うようにして、怨霊封じの地の中心に位置する猿沢池に、お盆の中日に入水した本当の母親。

大怨霊も良いところではないか。

でも……。

橙子は一点だけ俊輔に確認する。

「その安積親王が暗殺されたという話は、本当なんですか？」

「それは間違いないだろう」俊輔は、あっさりと肯定する。「天平十六年（七四四）に、聖武と共に難波宮に行幸された際に、途中で脚気になってしまい恭仁《くに》京に引き返された。しかし、その二日後に、十七歳という若さで亡くなる。余りに不自然な死だ。おそらく、仲麻呂たちによる毒殺だろうね」

「毒殺？」

「その頃のスタンダードな毒物といえば、附子《ぶし》——トリカブトだが、ぼくはその症状から見て、違う毒物を想像している」

「それは？」

ああ、と答えて俊輔はグラスを傾けた。

「きみたちは、言うまでもなく正倉院を知っているね。東大寺大仏殿近くに、聖武の崩御後に建てられた、聖武や光明皇后ゆかりの品々を収蔵している倉だ。足利義満《あしかがよしみつ》や織田《おだ》信長《のぶなが》や明治天皇が切り出したという名香・蘭奢待《らんじゃたい》が有名だが、それらに混じって、非常に興味深い生薬が収蔵されている」

「興味深いって、何という生薬ですか」

「六十種類の生薬の最後、六十番目に記載されている『冶葛《やかつ》』だ」

「やかつ?」

「正式名称を、ゲルセミウム・エレガンス。中国南部やベトナムなど、東南アジアの山間部に生育する毒草だ。『葉っぱ三枚で死ぬ』といわれ、体重六十キログラムの大人だったら、致死量わずか三ミリグラム」

「何故、そんな猛毒が正倉院に」

「名目は『皮膚疾患治療』だそうだ」

「葉っぱ三枚で死ぬ毒草が?」

「意味が分からない」俊輔は苦笑した。「その冶葛なんだが、孝謙天皇の天平勝宝八年(七五六)に献納された際には三十二斤——約七キログラムあったそうなんだが、その百年後の文徳《もんとく》天皇の斉衡《さいこう》三年(八五六)には、わずか三斤弱——約六百グラムに減っていたという」

「致死量〇・〇〇三グラムの毒草が、六四〇〇グラムも減っていたって……どういうことですか! 怪しすぎます」

とにかく、と俊輔は言う。

「当時からそれほど有名な毒物だったわけだから、ぼくは安積親王の死因は、この冶葛だと考えてる」

「確かに……」今度は誠也も同意する。「その可能性は高いでしょうね。もしかすると、安積親王の姉・井《い》上《がみ》内親王と、その子・他戸《おさべ》親王にも使われたかも知れません」

「いがみ内親王と、おさべ親王？」

首を傾げる橙子に、誠也は説明する。

「井上内親王が光仁《こうにん》天皇皇后に、そして他戸親王が皇太子になった翌年、光仁を呪詛したという理由で、井上は皇后を廃された。更にまた新たな呪詛を行ったとして、二人は庶民に落とされて幽閉され、二年後、二人は同日に死去した」

「同日に？　余りにも不自然」

「彼らが冤罪によって殺害されたという証拠は」俊輔が口を開く。「奈良と京都に鎮座している『御霊《ごりょう》神社』に『八所《はっしょ》御霊』の一柱として祀られていることで明らかだ。『御霊』というのは『祀られている怨霊』という意味だからね。ちなみに奈良の御霊神社は、ならまち——それこそ元興寺の境内だった場所に建っているよ」

「そうだったんですか！」

今までの話を知っていたら、ならまちに寄った時に絶対行ったのに！

いや。いずれまた、三郷に会いに京都へ行く。その時に必ず足を伸ばして奈良へ行き、采女神社と共に参拝しよう。

橙子が心の中で決めていると、

「結局」と俊輔が言った。

「伊賀采女宅子や安積采女春姫らが例外で、ほぼ全ての采女たちは、わずかばかりの報酬で後宮に入り、最下層の女性として雑役を任されていたわけだ。奈良時代には、おそらく無数の采女たちが後宮に入っているはずだが、その名前すら、今は殆ど残っていない。『記紀』の文章から、その出身地が分かる采女は――伊賀采女宅子を含めても、たった十一名ほどだというからね」

「そんなに少ないんですか」

そうだ、と俊輔は首肯した。

「そういえば鎌足にもいたね、采女が」

「はい」橙子は答える。「天智天皇から、采女――安見児《やすみこ》をいただいたと欣喜雀躍したって」

「これは全くの想像なんだが」俊輔は前置きして言う。「良く言われる話には、鎌足に下賜された女性が既に天智の子を身籠もっており、それが不比等だったのでは――という」

「それは」誠也も頷く。「聞いたことがあります。但し、何の根拠もありませんが」

「当然、そんな記録など残っているはずもないよ。ずっと後の世にも同じような『噂』は流れたが、もちろん証拠はない」俊輔は笑って続ける。「ぼくは、この女性こそ采女・安見児だったんじゃないかと思っているんだ。もちろん、そんなことを言ってる人は、誰もいないけどね」

「えっ」

「安見児を得たという鎌足の、歌ともいえないような例の歌が『万葉集』に収載されているという事実が怪しい気がしてね」

「しかし、そうなると不比等は、采女の子ということになってしまいますけれど……」

「別に構わないじゃないか。あの額田王すら、実は采女だったのではないかと言われているくらいなんだからね」

「でも……」

口籠もってしまった誠也を見て、

「可能性の問題だよ。決してゼロではないだろう」

俊輔は笑って続ける。

「とにかく采女は、そういう身分だった」

「平安時代の更衣《こうい》や、江戸時代の大奥の御中﨟《おちゅうろう》のようなものですね」橙子は言う。「運が良ければ天皇や将軍の目に留まって、一気に出世できるけれど、そうでなければ日々の雑役だけで一生が終わってしまうという」

「しかし、朝廷に入れた采女は、まだマシな方だったようだよ」

「と言うと？」

「たとえば『類聚三代格《るいじゅさんだいきゃく》』によれば、出雲《いずも》国造《こくそう》などは、

『多く百姓の女子を娶り、号《なづ》けて神宮の采女と為す。（中略）妄《みだ》りに神事に託して、遂に淫風を扇《あお》る』

　つまり門脇に言わせると出雲国造たちは、

『「神宮の采女」の名において、みずからの情欲の対象としはじめていたのである』

『出雲国造は、その采女の仕える場所の宮廷を神宮におきかえてたぶらかしはじめた』

ということも起きていたらしいからね」

「え……」

「さすがに宮廷では、それほど酷くはなかったようだがね。たとえば、時代が下って平安の世の『源氏物語』では、奈良の采女のような立場の更衣・桐壺《きりつぼ》を熱愛した天皇が、病んでいるにもかかわらず彼女を必死に宮中に留め置こうとしたと書かれている。もちろん、この桐壺更衣は光源《ひかるげん》氏《じ》の母親だ」

「でも、それはあくまでも『物語』で――」

「但し、共通点はあるよ」

俊輔は橙子を見る。

「安積采女も桐壺更衣も、二人とも天皇の皇子を生んでいる。だから熱愛された。一方、伊賀采女宅子は素直に故郷に帰された。それが当時の価値観だったんだろう」

「ああ……」と納得してから、橙子は尋ねた。「そういう意味で先生が、壬申の乱と采女祭は『表と裏』なんだと――」

そういうことだ、と俊輔は言った。

「天智天皇と倭姫王との間に生まれた大友皇子は、天武によって伊賀采女宅子との子にされた。これは大友皇子の地位を貶めるためだ。一方、聖武天皇と安積采女との間に生まれた安積親王は、おそらくは聖武によって県犬養広刀自との子にされた。これは逆に、地位を上げるためだ。表と裏にしてトレースしたように、同じ操作が行われたんだろうね」

俊輔はノートを広げると簡単な図を書いた。

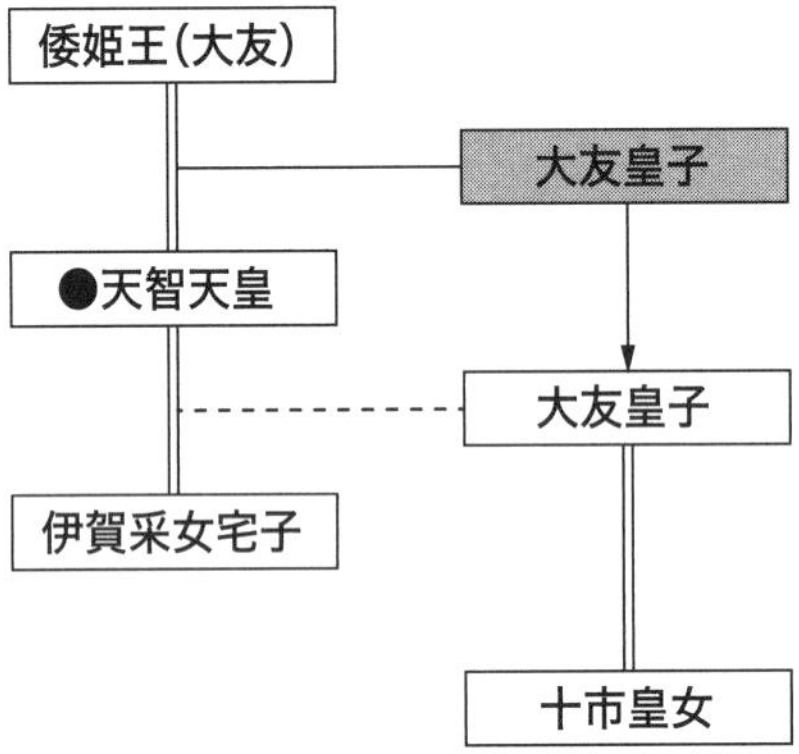

倭姫王(大友)
大友皇子
●天智天皇
大友皇子
伊賀采女宅子
十市皇女

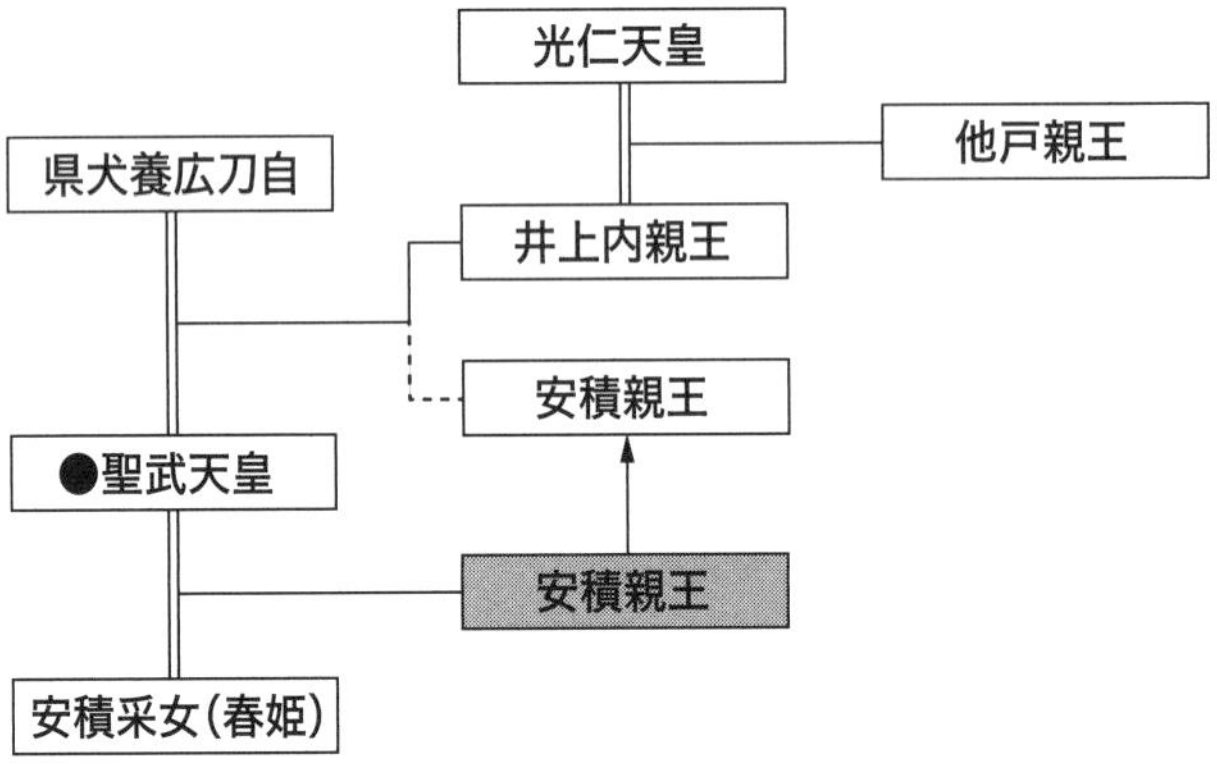

光仁天皇
他戸親王
県犬養広刀自
井上内親王
安積親王
●聖武天皇
安積親王
安積采女(春姫)

それを覗き込んで、誠也は軽く嘆息する。

「皇子、あるいは親王を、貶めるためと地位を上げるため、という点が違うだけで」

「もしかすると、加藤くんも言っていた、采女祭の采女は天智天皇の時代だったという話」

「はい」橙子は頷く。「『古今集註』です」

「それも、わざと天智云々と書いたのかも知れないな。大友皇子を彷彿させるために」

「確かに……」

橙子は嘆息する。

昔の人たちは、色々なことを仕掛けている。だから、俊輔の言葉も決して深読みではないかも知れない。現代の我々が思う以上に、深く思考を巡らせているのだ。

「あと、一つ伺っても良いでしょうか？　つまらない質問なんですけど」

「ああ、構わないよ」

グラスを空けながら応える俊輔に、橙子は尋ねる。

「どうして采女神社はあんな造りになっているんでしょう。本当に、猿沢池を見たくなかったから？」

「単純な話だ」俊輔は真顔で答えた。「参拝者が、池に背中——お尻を向けないようにさせるためだったんだろうね。しかも、あの造りならば、社と池を同時に拝める」

多分、そういうことだ。

「それに関連して思い出した」俊輔は再び、平城京の地図を広げた。「見てごらん」

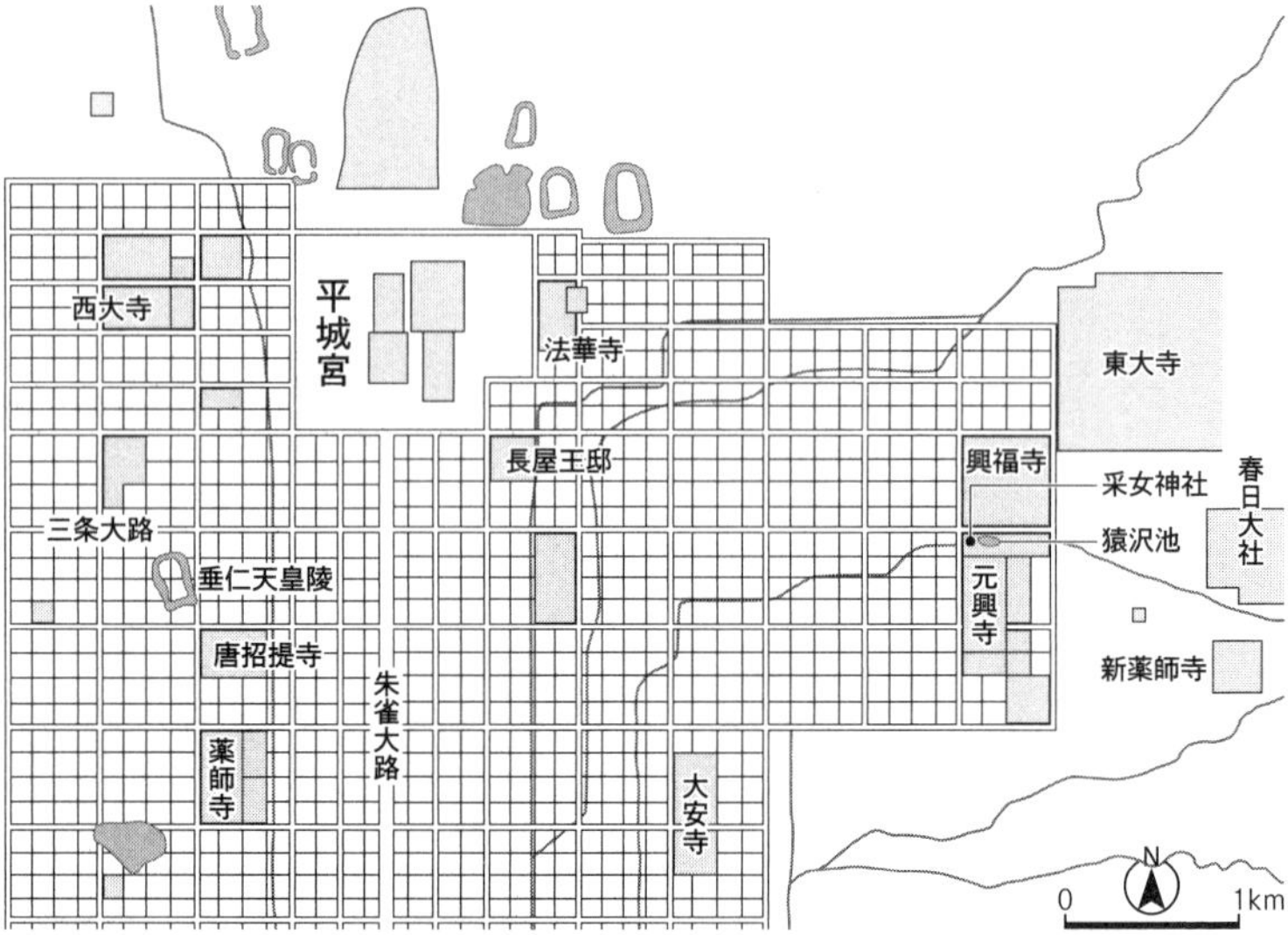

平城宮
西大寺
法華寺
東大寺
長屋王邸
興福寺
采女神社
春日大社
三条大路
猿沢池
垂仁天皇陵
元興寺
唐招提寺
新薬師寺
朱雀大路
薬師寺
大安寺
N
0
1km

俊輔は猿沢池を指し示す。

「ここが外京の中心と言って良い猿沢池だ。その北はすぐに興福寺の境内。南大門では、薪能が執り行われる。池の辺りから南は『鬼の寺』元興寺の境内。池の東北には東大寺。そして、東側には『おん祭』の春日大社が鎮座している」

「なるほど」橙子は地図を眺めながら頷いた。「怨霊鎮めの寺社が、完全に池を取り囲んでいますね」

すると、

「いいや」と俊輔は首を横に振った。「西が開いているんだ」

「そういえば……」誠也が目を見開いた。「現在のJR奈良駅に向かう方角だけが開けていますね。これはひょっとして『采女』は西にしか行かれないということですか」

「そういうことなんだろうね。たとえ、能『采女』のように池から姿を現したとしても、成仏せざるを得ないわけだ。ちなみに、その先には垂仁天皇陵がある。倭姫命を天照大神につけて、全国を流離《さすら》わせた……。だがこれは、全くの偶然だろうがね」

俊輔は楽しそうに笑った。

今日のメインの話も終わり、美味しい料理と紹興酒を堪能して、三人は店を出る。

橙子は胸のつかえもすっかり取れたが、今夜の話は三郷美波にも伝えなくてはならない。彼女の作品テーマとは直接関係ないかも知れないけれど、勝者によって隠されてしまった真実を知っているかどうかでは、内容が全く違ってしまう。俊輔の話をバックボーンにして書き進めれば、彼女の筆致だし、きっと傑作になるだろう。

などとほろ酔い気分で思っていると、俊輔が二人を振り返り、

「ぼくはこれから少しだけ飲みに行くが、きみたちはどうする？」

と尋ねてきた。橙子は「お邪魔でなければ！」と答え、誠也も「ぜひ、ご一緒に」と頷く。

そこで、軽く酔いを醒ましながら歩き、ホテル・ニューオータニのバー「トレーダーヴィックス」に行くことにした。この店ではずいぶん昔に三人で、トロピカルなカクテルを飲んだことがある。

夜風に吹かれて上智《じょうち》大学のレトロな校舎を眺めながら歩いていると、

「そういえば、先生」誠也が突然、俊輔に向かって言った。「例の、業平《なりひら》の話を！」

「業平？」

キョトンとする橙子に誠也は「うん」と頷いて説明する。

業平の有名な「世の中にたえて桜のなかりせば――」の歌は暗号だと俊輔が言ったらしい。つまりこの歌は、二重の意味を持っている。但し、その答えは自分で考えるように、と。

「暗号なんですか？」

驚いた橙子が尋ねると、

「もちろんだよ」俊輔は笑った。「そうでなければ、こんな小中学生でも詠めるような内容の歌が、千年を超えて持てはやされるはずもない。裏に隠されている意味に、当時の誰もが愕然としたんだ。さすが業平だとね。もう一つ例を挙げれば、貞観《じょうがん》十七年（八七五）の、藤原基経《もとつね》の四十歳の長寿の祝いの席で詠んだ、

桜花散りかひくもれ老いらくの
　来むといふなる道まがふがに

の歌などは、現代ならばともかく『言霊《ことだま》』の時代にこんな歌を詠むのは、殺害予告にも等しいな」

「何ですか、それ」橙子は歩きながら身を乗り出した。「教えてください！」

「ぼくも考えたけど、結局分かりませんでした」誠也も懇願する。「なので、ぜひ」

分かった、と応えて俊輔は二人を見る。

「しかし……今度は国文の連中に怒鳴られるだろうな」

空を見上げながら、俊輔は楽しそうに笑った。

つられて橙子も見上げると、雲一つない夜空には白い臥待の月が、暗い海から現れた桜貝のように輝いていた。

《エピローグ》

物音ひとつしない畔で、波も立たない池の面に浮かぶ月を眺めていると、自分もこの月の世界からやって来たのだという確信が段々強くなってゆく。

斎々《ゆゆ》しく、禍々《まがまが》しい国から。

だから。

今こうして還る。

自分の命以上に大切だった人を失った今、「この世」に何一つ未練はない。

いや。むしろ「あの世」に憧れる。

月の世界に……。

女性は身にまとっていた上衣《うわぎ》と領巾《ひれ》を畔の柳に掛けると、一歩ずつ進む。

池の水が、ひんやりと爪先を濡らす。

わずかに起きたさざ波が、池面の月を揺らした。

女性は更に進む。

池の水が腰まで届いた時、大きな波が起こり月が崩れた。

壊れてしまう！

丸く美しい月——黄泉国《よみ》が。

早く辿り着かないと。

そう思った瞬間、ゴボリと深みにはまった。

そうだ。

ここは人造の池。

自然の池と違って、淵はなだらかではないのだ。

それでも必死に手を伸ばすと、指先が月の破片に触れて燦めき、濡れた爪が月に照らされて白く輝いた。

女性は歓喜で目を大きく見開く。

月に触れることができた！

しかしそれも一瞬で、女性の体は泡と共に池の中深く沈んでゆく。

その大きな波を受けて、池面の丸い月は粉々に砕け散る。

やがて。

辺りには虫の声だけが響き、他の物音は何一つなくなった頃。

無数の月の欠片《かけら》は、さざ波と共に集まり始め、再び、綺麗な丸い月となって池の面に浮かんだ。

何事もなかったかのように——。

今夜は中秋の名月。

風は、そよりとも動かない。

参考文献

『古事記』次田真幸全訳注／講談社
『日本書紀』坂本太郎・家永三郎・井上光貞・大野晋校注／岩波書店
『日本書紀　全現代語訳』宇治谷孟／講談社
『続日本紀　全現代語訳』宇治谷孟／講談社
『続日本後紀　全現代語訳』森田悌／講談社
『万葉集』中西進校注／講談社
『上宮聖徳法王帝説』中田祝夫解説／勉誠社
『懐風藻』江口孝夫全訳注／講談社
『古今和歌集』小町谷照彦訳注／旺文社
『土佐日記　蜻蛉日記　紫式部日記　更級日記』長谷川政春・今西祐一郎・伊藤博・吉岡曠校注／岩波書店
『宇治拾遺物語』小林保治・増古和子校注訳／小学館
『今昔物語集』池上洵一編／岩波書店
『大和物語』高橋正治校注・訳／小学館
『扶桑略記　帝王編年記』黒板勝美編／吉川弘文館
『水鏡　全評釈』河北騰／笠間書院
『神皇正統記　増鏡』岩佐正・時枝誠記・木藤才蔵校注／岩波書店
『現代語訳　藤氏家伝』沖森卓也・佐藤信・矢嶋泉訳／筑摩書房
『水戸義公を語る』高須芳次郎／井田書店
『古事記と日本書紀』坂本太郎／吉川弘文館
『初期万葉論』白川静／中央公論新社

『字統』白川静／平凡社
『采女』門脇禎二／中央公論社
『日本の歴史2　古代国家の成立』直木孝次郎／中央公論新社
『壬申の乱　増補版』直木孝次郎／塙書房
『壬申の乱　清張通史⑤』松本清張／講談社
『壬申の乱』遠山美都男／中央公論社
『「壬申の乱」――隠された高市皇子の出自』小林惠子／現代思潮新社
『白村江の戦いと壬申の乱』小林惠子／現代思潮新社
『本当は怖ろしい万葉集』小林惠子／祥伝社
『高松塚被葬者考』小林惠子／現代思潮社
『倭王たちの七世紀　天皇制初発と謎の倭王』小林惠子／現代思潮社
『持統天皇』瀧浪貞子／中央公論新社
『持統天皇　日本古代帝王の呪術』吉野裕子／人文書院
『名前でよむ天皇の歴史』遠山美都男／朝日新聞出版
『逆説の日本史　2古代怨霊編』井沢元彦／小学館
『天武天皇　隠された正体』関裕二／KKベストセラーズ
『鬼の帝　聖武天皇の謎』関裕二／PHP研究所
『日本史広辞典』日本史広辞典編集委員会編／山川出版社
『暮らしのことば　語源辞典』山口佳紀編／講談社
『隠語大辞典』木村義之・小出美河子編／皓星社
『鬼の大事典』沢史生／彩流社
『日本伝奇伝説大事典』乾克己・小池正胤・志村有弘・高橋貢・鳥越文蔵編／角川書店

『正倉院薬物の世界　日本の薬の源流を探る』鳥越泰義／平凡社
『毒草を食べてみた』植松黎／文藝春秋
『元号　年号から読み解く日本史』所功・久禮旦雄・吉野健一／文藝春秋
『宮司が語る御由緒三十話――春日大社のすべて』花山院弘匡／中央公論新社
『お能』白洲正子／駸々堂出版
『続・能のうた――能楽師が読み解く遊楽の物語』鈴木啓吾／新典社
『日本の古社　春日大社』岡野弘彦・櫻井敏雄・三好和義／淡交社
『奈良時代MAP平城京編』新創社編／光村推古書院
「倭姫命御聖跡巡拝の旅」倭姫宮御杖代奉賛会
「春日権現験記」春日大社国宝殿
「国立文楽劇場開場三十五周年記念　第八回民俗芸能公演　ふるさとの人形芝居」／独立行政法人日本芸術文化振興会
観世流謡本『采女』丸岡明／能楽書林
観世流謡本『三井寺』丸岡明／能楽書林

＊作品中に、インターネット等より引用している場面がありますが、あくまでも創作上の都合であり、全て右参考文献に依るものです。
＊元号と西暦は諸説あるため『元号　年号から読み解く日本史』を参考にして統一させていただきました。
＊各章冒頭の引用文は、全て観世流謡本『采女』（丸岡明／能楽書林）に依りました。

本作は書き下ろしです

装画　宇野市之丞

地図製作　アトリエ・プラン

この作品は完全なるフィクションであり、
実在する個人名・団体名・地名等が登場することに関し、
それらについて論考する意図は全くないことを、
ここにお断り申し上げます。

高田崇史　Takada Takafumi
1958年東京生まれ。明治薬科大卒。1998年『QED 百人一首の呪』でメフィスト賞を受賞し、作家デビュー。QEDシリーズ、毒草師シリーズ、カンナシリーズなど著書多数。古代から近現代まで、該博な知識に裏付けられた歴史ミステリーを得意分野とする。近著に『卑弥呼の葬祭』、『源平の怨霊』、『古事記異聞』、『QED 源氏の神霊』などがある。

采女《うねめ》の怨霊《おんりょう》　——小余綾《こゆるぎ》俊輔《しゅんすけ》の不在講義《ふざいこうぎ》——

著　者
高田《たかだ》崇史《たかふみ》

発　行
2021年11月20日

発行者　佐藤隆信
発行所　株式会社新潮社
〒162-8711　東京都新宿区矢来町71
電話　編集部　03-3266-5411
読者係　03-3266-5111
https://www.shinchosha.co.jp
装幀　新潮社装幀室
印刷所　株式会社光邦
製本所　大口製本印刷株式会社

ISBN978-4-10-339334-4　C0093